《河畔的庄园》

扬·凡·戈延 / 画

《父亲的告诫》

杰拉德·泰尔博赫 / 画

《带马嚼子的静物画》

托伦提乌斯 / 画

《一双便鞋》

塞缪尔·凡·霍格斯特拉滕 / 画

带马嚼子的静物画

Zbigniew Herbert

[波兰] 兹比格涅夫·赫贝特 / 著

易丽君 / 译

广东省出版集团
花城出版社
中国·广州

图书在版编目（CIP）数据

带马嚼子的静物画 /（波）赫贝特著；易丽君译．-- 广州：花城出版社，2014.10
（蓝色东欧 / 高兴主编．第2辑）
ISBN 978-7-5360-7318-0

Ⅰ．①带… Ⅱ．①赫… ②易… Ⅲ．①散文集－波兰－现代 Ⅳ．①I513.65

中国版本图书馆CIP数据核字(2014)第247500号

合同版权登记号：图字 19－2012－086 号
MARTWA NATURA Z WĘDZIDŁEM
Zbigniew Herbert
Copyright：© 2004，The Estate of Zbigniew Herbert
All rights reserved

出 版 人：詹秀敏
丛书策划：肖建国　朱燕玲　孙虹
出版统筹：李倩倩
责任编辑：余红梅
技术编辑：薛伟民　凌春梅　陈诗泳
装帧设计：棱角视觉 ANGULAR VISION

书　　名	带马嚼子的静物画 DAI MAJUEZI DE JINGWUHUA	
出版发行	花城出版社 （广州市环市东路水荫路 11 号）	
经　　销	全国新华书店	
印　　刷	恒美印务（广州）有限公司 （广州南沙经济技术开发区环市大道南路 334 号）	
开　　本	880 毫米×1230 毫米　32 开	
印　　张	5.625　4 插页	
字　　数	160,000 字	
版　　次	2014 年 10 月第 1 版　2014 年 10 月第 1 次印刷	
定　　价	27.00 元	

本书中文专有出版权归花城出版社独家所有，非经本社同意不得连载、摘编或复制。
如发现印装质量问题，请直接与印刷厂联系调换。
购书热线：020－37604658　37602954
欢迎登陆花城出版社网站：http://www.fcph.com.cn

带马嚼子的静物画

目 录
CONTENTS

记忆，阅读，另一种目光（总序）／高兴 ／ 1
荷兰的味道（中译本前言）／易丽君 ／ 1

随笔 ／ 三角洲 ／ 3
1 　　　艺术的价格 ／ 19
　　　　郁金香的苦味 ／ 41
　　　　杰拉德·泰尔博赫　市民阶层微妙的魅力 ／ 63
　　　　带马嚼子的静物画 ／ 77
　　　　非英雄题材　105

伪经 ／ 剑子手的慈悲　117
119 　　船长 ／ 120
　　　　长子格里特　123
　　　　黑画框里的肖像 ／ 125
　　　　昆虫的地狱 ／ 129
　　　　永动机 ／ 132
　　　　房屋 ／ 135

斯宾诺莎的床　/　139
书信　/　141
跋　/　147

记忆，阅读，另一种目光

（总序）

高兴

昆德拉说过："人的一生注定扎根于前十年中。"我想稍稍修改一下他的说法："人的一生注定扎根于童年和少年中。"童年和少年确定内心的基调，影响一生的基本走向。

不得不承认，二十世纪五六十年代出生的人都有着不同程度的俄罗斯情结和东欧情结。这与我们的成长有关，与我们的童年、少年和青春岁月有关。而那段岁月中，电影，尤其是露天电影又有着怎样重要的影响。那时，少有的几部外国电影便是最最好看的电影，它们大多来自东欧国家，几乎吸引了所有人的目光，是我们童年的节日。在某种意义上，甚至可以说，它们还是我们的艺术启蒙和人生启蒙，构成童年最温馨、最美好和最结实的部分。

还有电影中的台词和暗号。你怎能忘记那些台词和暗号。它们已成为我们青春的经典。最最难忘的是《瓦尔特保卫萨拉热窝》。"'空气在颤抖，仿佛天空在燃烧。''是啊，暴风雨来了。'""看，这座城市，它就是瓦尔特。"简直就是诗歌。是我们接触到的最初的诗歌。那么悲壮有力的诗歌。真正有震撼力的诗歌。诗歌，就这样和英雄主义和浪漫主义，紧紧地连接在了一道。

还有那些柔情的诗歌。裴多菲，爱明内斯库，密支凯维奇。要知道，在二十世纪七八十年代，读到他们的诗句，绝对会有触电般的感觉。而所有这一切，似乎就浓缩成了几粒种子，在内心深处生根，发芽，成长为东欧情结之树。

然而，时过境迁，我们需要重新打量"东欧"以及"东欧文学"这一概念。严格来说，"东欧"是个政治概念，也是个历史概念。过去，它主要指波兰、捷克斯洛伐克、匈牙利、罗马尼亚、保加利亚、南斯拉夫、阿尔巴尼亚七个国家。因此，在当时，"东欧文学"也就是指上述七个国家的文学。这七个国家，加上原先的东德，都曾经是以苏联为首的华沙条约组织的成员。

一九八九年底，东欧发生剧变。此后，苏联解体，华沙条约组织解散，捷克和斯洛伐克分离，南斯拉夫各共和国相继独立，所有这些都在不断改变着"东欧"这一概念。而实际情况是，波兰、捷克、匈牙利、罗马尼亚等国家甚至都不再愿意被称为东欧国家，它们更愿意被称为中欧或中南欧国家。同样，不少上述国家的作家也竭力抵制和否定这一概念。在他们看来，东欧是个高度政治化、笼统化的概念，对文学定位和评判，不太有利。这是一种微妙的姿态。在这种姿态中，民族自尊心也发挥着不可估量的作用。

但在中国，"东欧"和"东欧文学"这一概念早已深入人心，有广泛的群众和读者基础，有一定的号召力和亲和力。因此，继续使用"东欧"和"东欧文学"这一概念，我觉得无可厚非，有利于研究、译介和推广这些特定国家的文学作品。事实上，欧美一些大学、研究中心也还在继续使用这一概念。只不过,今日,当我们提到这一概念,涉及的就不仅仅是七个国家,而应该包含更多的国家:立陶宛、摩尔多瓦等独联体国家,还有波黑、克罗地亚、斯洛文尼亚、塞尔维亚、黑山等从南斯拉夫联盟独立出来的国家。我们之所以还能把它们作为一个整体来谈论,是因为它们有着太多的共同点:都是欧洲弱小国家,历史上都曾不断遭受侵略、瓜分、吞并和异族统治,都曾把民族复兴当作最高目标,都是到了十九世纪末二十世纪初才相继获得独立,或得到统一,第二次世界大战后都走过一段相同或相似的社会主义道路,一九八九年后又相继推翻了共产党政权,走上了资本主义发展道路。之后,又几乎都把加入北约、进入欧盟当作国家政策的重中之重。这二十年来,发展得都不太顺当,作家和文学都陷入不同程度的困境。用饱经风雨、饱经磨难来形容这些国家,十分恰当。

换一个角度,侵略,瓜分,异族统治,动荡,迁徙,这一切同时也意味着方方面面的影响和交融。甚至可以说,影响和交融,是东欧文化和文学的两个关键词。看一看布拉格吧。生长在布拉格的捷克著名小说家伊凡·克里玛,在谈到自己的城市时,有一种掩饰不住的骄傲:"这是一个神秘的和令人兴奋的城市,有着数十年甚至几个世纪生活在一起的三种文化优异的和富有刺激性的混合,从而创造了一种激发人们创造的空气,即捷克、德国和犹太文化。"①

克里玛又借用被他称作"说德语的布拉格人"乌兹迪尔的笔为我们描绘了一个形象的、感性的、有声有色的布拉格。这是一个具有超民族性的神秘的世界。在这里,你很容易成为一个世界主义者。这里有幽静的小巷、热闹的夜总会、露天舞台、剧院和形形色色的小餐馆、小店铺、小咖啡屋和小酒店。还有无数学生社团和文艺沙龙。自然也有五花八门的妓院和赌场。布拉格是敞开的,是包容的,是休闲的,是艺术的,是世俗的,有时还是颓废的。

---

① 见伊凡·克里玛《布拉格精神》第44页,崔卫平译,作家出版社1998年版。

布拉格也是一个有着无数伤口的城市。战争、暴力、流亡、占领、起义、颠覆、出卖和解放充满了这个城市的历史。饱经磨难和沧桑，却依然存在，且魅力不减，用克里玛的话说，那是因为它非常结实，有罕见的从灾难中重新恢复的能力，有不屈不挠同时又灵活善变的精神。如果要用一个词来形容布拉格的话，克里玛觉得就是：悖谬。悖谬是布拉格的精神。

或许悖谬恰恰是艺术的福音，是艺术的全部深刻所在。要不然从这里怎会走出如此众多的杰出人物：德沃夏克，雅那切克，斯美塔那，哈谢克，卡夫卡，布洛德，里尔克，塞弗尔特，等等，等等。这一大串的名字就足以让我们对这座中欧古城表示敬意。

布拉格如此，萨拉热窝、华沙、布加勒斯特、克拉科夫、布达佩斯等众多东欧城市，均如此。走进这些城市，你都会看到一道道影响和交融的影子。

在影响和交融中，确立并发出自己的声音，十分重要。不少东欧作家为此做出了开拓性和创造性的贡献。我们不妨将哈谢克和贡布罗维奇当作两个案例，稍加分析。

说到捷克作家哈谢克，我们会想起他的代表作《好兵帅克》。以往，谈论这部作品，人们往往仅仅停留于政治性评价。这不够全面，也容易流于庸俗。《好兵帅克》几乎没有什么中心情节，有的只是一堆零碎的琐事，有的只是帅克闹出的一个又一个乱子，有的只是幽默和讽刺。可以说，幽默和讽刺是哈谢克的基本语调。正是在幽默和讽刺中，战争变成了一个喜剧大舞台，帅克变成了一个喜剧大明星，一个典型的"反英雄"。看得出，哈谢克在写帅克的时候，并没有考虑什么文学的严肃性。很大程度上，他恰恰要打破文学的严肃性和神圣感。他就想让大家哈哈一笑。至于笑过之后的感悟，那就是读者自己的事情了。这种轻松的姿态反而让他彻底放开了。借用帅克这一人物，哈谢克把皇帝、奥匈帝国、密探、将军、走狗等等统统给骂了。他骂得很过瘾，很解气，很痛快。读者，尤其是捷克读者，读得也很过瘾，很解气，很痛快。幽默和讽刺于是又变成了一件有力的武器，特别适用于捷克这么一个弱小的民族。哈谢克最大的贡献也正在于此：为捷克民族和捷克文学找到了一种声音，确立了一种传统。

而波兰作家贡布罗维奇与哈谢克不同，恰恰是以反传统而引起世人瞩目的。他坚决主张让文学独立自主。在二十世纪三四十年代，贡布罗维奇的作品在波兰文坛显得格外怪异离谱，他的文字往往夸张扭曲，人物常常是漫画式的，他们随时受到外界的侵扰和威胁，内心充满了不安和恐惧，像一群长不大的孩子。作家并不依靠完整的故事情节，而是主要通过人物荒诞怪僻的行为，表现社会的混乱、荒谬和丑恶，表现外部世界对人性的影响和摧残，表现人类的无奈和异化以及人际关系的异常和紧张。长篇小说《费尔迪杜凯》就充分体现出了他的艺术个性和创作特色。

捷克的赫拉巴尔、昆德拉、克里玛、霍朗，波兰的米沃什、赫贝特、希姆博尔斯卡，罗马尼亚的埃里亚德、索雷斯库、齐奥朗，匈牙利的凯尔泰斯、艾什特哈兹，塞尔维亚的帕维奇、波帕，阿尔巴尼亚的卡达莱……如此具有独特风格和魅力的当代东欧作家实在是不胜枚举。

某种程度上，东欧曾经高度政治化的现实，以及多灾多难的痛苦经历，恰好为文学和文学家提供了特别的土壤。没有捷克经历，昆德拉不可能成为现在的昆德拉，不可能写出《可笑的爱》、《玩笑》、《不朽》和《难以承受的存在之轻》这样独特的杰作。没有波兰经历，米沃什也不可能成为我们所熟悉的将道德感同诗意紧密融合的诗歌大师。但另一方面，需要注意的是，由于语言的局限以及话语权的控制，东欧文学也极易被涂上浓郁的意识形态色彩。应该承认，恰恰是意识形态色彩成全了不少作家的声名。昆德拉如此。卡达莱如此。马内阿如此。赫尔塔·米勒亦如此。我们在阅读和研究这些作家时，需要格外地警惕。过分地强调政治性，有可能会忽略他们的艺术性和丰富性。而过分地强调艺术性，又有可能会看不到他们的政治性和复杂性。如何客观地、准确地认识和评价他们，同样需要我们的敏感和平衡。

一个美国作家，一个英国作家，或一个法国作家，在写出一部作品时，就已自然而然地拥有了世界各地广大的读者，因而，不管自觉与否，他，或她，很容易获得一种语言和心理上的优越感和骄傲感。这种感觉东欧作家难以体会。有抱负的东欧作家往往会生出一种紧迫感和危机感。他们要用尽全力将弱势转化为优势。昆德拉就反复强调，身处小国，你"要么做一个可怜的、眼光狭窄的人"，要么成为一个广闻博识的"世界性的人"。别无选择，有时，恰恰是最好的选择。因此，东欧作家大多会自觉地"同其他诗人，其他世界，和其他传统相遇"（萨拉蒙语）。昆德拉、米沃什、齐奥朗、贡布罗维奇、赫贝特、卡达莱、萨拉蒙等等东欧作家都最终成为"世界性的人"。

关注东欧文学，我们会发现，不少作家，基本上，都在出走后，都在定居那些发达国家后，才获得一定的国际声誉。贡布罗维奇、昆德拉、齐奥朗、埃里亚德、扎加耶夫斯基、米沃什、马内阿、史沃克莱茨基等等都属于这样的情形。各种各样的原因，让他们选择了出走。生活和写作环境、意识形态原因、文学抱负、机缘等，都有。再说，东欧国家都是小国，读者有限，天地有限。

在走和留之间，这基本上是所有东欧作家都会面临的问题。因此，我们谈论东欧文学，实际上，也就是在谈论两部分东欧文学：海外东欧文学和本土东欧文学。它们缺一不可，已成为一种事实。

在我国，东欧文学译介一直处于某种"非正常状态"。正是由于这种"非正常状态"，在很长一段岁月里，东欧文学被染上了太多的艺术之外的色彩。直至今日，东欧文学还依然更多地让人想到那些红色经典。阿尔巴尼亚的反法西斯电影，捷克作家伏契克的《绞刑架下的报告》，保加利亚的革命文学，都是典型的例子。红色经典当然是东欧文学的组成部分，这毫无疑义。我个人阅读某些红色经典作品时，曾深受感动。但需要指出的是，红色经典并不是东欧文学的全部。若认为红色经典就能代表东欧文学,那实在是种误解和误导,是对东欧文学的狭隘理解和片面认识。因此,用艺术目光重新打量、重新梳理东欧文学已成为一种必须。为了更加客观、全面地翻译和介绍东欧文学,突出东欧文学的艺术性,有必要颠覆一下这一概念。蓝色是流经东欧不少国家的多瑙河的颜色,也是大海和天空的颜色,有广阔和博大的意味。"蓝色东欧"正是旨在让读者看到另一种色彩的东欧文学,看到更加广阔和博大的东欧文学。

二〇一三年十月三十一日定稿于北京

主编简介:高兴,诗人、翻译家,一九六三年出生于江苏省吴江市。中国作家协会会员。现为中国社会科学院外国文学研究所研究员,《世界文学》主编。曾以作家、翻译家、外交官和访问学者身份游历过欧美数十个国家。出版过《米兰·昆德拉传》、《东欧文学大花园》、《布拉格,那蓝雨中的石子路》等专著和随笔集;主编过《二十世纪外国短篇小说编年·美国卷》(上、下册)、《伊凡·克里玛作品系列》(5卷)、《水怎样开始演奏》、《诗歌中的诗歌》、《小说中的小说》(2卷)等大型图书。主要译著有《梵高》、《黛西·米勒》、《雅克和他的主人》、《可笑的爱》、《安娜·布兰迪亚娜诗选》、《我的初恋》、《索雷斯库诗选》、《梦幻宫殿》、《托马斯·温茨洛瓦诗选》等。

荷兰的味道

—

（中译本前言）

易丽君

兹比格涅夫·赫贝特一九二四年生于当时属于波兰的利沃夫，在那里经历了第二次世界大战爆发，苏联和德国占领。一九四三年他从地下中学毕业，进入地下的利沃夫杨·卡吉米日大学学习。此时他已开始参加地下抵抗运动。一九四三年三月底迁往克拉科夫，自一九四四年起在克拉科夫经贸学院攻读经济学，一九四七年获经济学硕士学位。与此同时，他还在克拉科夫雅盖隆大学攻读法律，后转学到托伦·尼古拉哥白尼大学，并于一九四九年获得法律硕士学位。一九四八年他迁居索波特，一九四九年迁居托伦，在那里旁听亨利克·埃尔赞贝格的哲学课，与这位著名的波兰哲学家成了莫逆之交，深受他的思想影响。一九五一年定居华沙,在华沙大学攻读哲学,同时作为经济工作者从事多种职业。

赫贝特一九四八年首次发表诗作,后来长期为抽屉写作,什么也不发表,直至一九五六年开始在《当代》上发表诗作,正式登上诗坛,出版了《光弦》(1956)、《赫尔墨斯·狗和星星》(1957)、《客体研究》(1961)、《题词》(1969)、《科吉托先生》(1974)、《来自被围困城市的报告和其他的诗》(1983)、《离去的悲歌》(1990)、《罗维戈》(1992)、《暴风雨的尾声》(1998)等诗集。

自二十世纪六十年代起,赫贝特就经常出国旅游、参观,到过法国、意大利、英国、希腊,对法国、古希腊和古罗马的文化颇有研究,在一九七〇年至一九七一年间曾作为访问教授在洛杉矶从事教学活动,一九八六年至一九九二年居住在巴黎,一九九八年在华沙逝世。

赫贝特的诗歌创作在对哲学和道德问题的思考上与塔杜施·鲁热维奇有相通之处,在诗的风格上受米沃什的影响。赫贝特和希姆博尔斯卡一样对世界充满了好奇,不同的是,希姆博尔斯卡更加关注在与大自然和生物群体的关系中人的状态,提出问题,寻找答案;赫贝特关注的是人对文化、艺术的态度。在艺术探寻方面,赫贝特对荷兰的绘画情有独钟,他于一九六七、一九七一、一九七六、一九八八和一九九一年多次造访荷兰。散文集《带马嚼子的静物画》便是他对荷兰的历史、地理、经济、政治、文化、习俗,尤其是美术创作寻幽探胜的成果,也是诗人研究欧洲文化三部曲中的第二部,于一九九一年在波兰出版,其他两部为《花园里的野蛮人》(1962)和《海上迷宫》(2000)。

荷兰是欧洲西部的一个低地小国,三分之一的土地海拔不到一米,四分之一的土地低于海平面,靠堤坝和风车排水防止水淹。一四六三年荷兰正式成为国家,又称尼德兰,十六世纪初受西班牙统治,一五六六年至一五六八年掀起资产阶级革命。一五七九年北部七省独立，联合建成共和国。而南部弗兰德斯（亦称弗兰芒）地区仍归西班牙统治，这样，十七世纪以后，尼德兰美术一分为二，北方地区的美术形成了独立的荷兰民族美术，跟南部的弗兰芒美术分道扬镳。革命的胜利促使经济和文化欣欣向荣。十七世纪上半叶，荷兰已是一个经济贸易强国，一个典型的商业资本主义国家，也是继西班牙之后出现的世界上最大的殖民国家。

十七世纪荷兰绘画作为一个整体，以其巨大的规模和成就，对整个西方美术的发展产生过意义深远的影响，开创了荷兰绘画的黄金时代。绘画终于摆脱了对宫廷贵族和天主教会的依附，开始为新兴的市民阶级服务，市民用绘画装饰家庭成为一种时尚，绘画和其他商品一样有行情和市场。艺术的商品化决定了艺术家不同的命运，也促使艺术走向社会，使绘画题材更加广泛，而且主要是反映世俗的生活，凡此种种，在这部散文集中作者都以他那支生花妙笔，通过一些画家的作品，进行了引人入胜的展示。赫贝特自己曾经强调，说他的作品的集体主人公是十七世纪的尼德兰市民阶层。

这个集子由两个部分组成，在第一部分收入了建立在潜心阅读和旅游见闻基础上的六篇散文，充分显示了作者旁征博引、殚见洽闻的学问。赫贝特以诗人的笔触深入探讨了荷兰的自然环境和历史沿革，叙述了荷兰十七世纪绘画创作的繁荣和价值，说明了决定市场价格的各种因素，画家及其画作的不同特色。郁金香狂热兴衰史，荷兰人对市民德行和"非英雄题材"的喜爱，都反映了荷兰人的习俗和存在的社会问题是何等的与众不同。在这六篇精彩的随笔中，收入了两篇集中于严格艺术问题上的长篇传记性随笔。在《杰拉德·泰尔博赫市民阶层微妙的魅力》中，可以看到赫贝特对泰尔博赫生平和创作扣人心弦、丰富多彩的描述，对他那些不同题材的油画进行的超规范评价和别出心裁的阐释。

六篇随笔中最不同凡响的是《带马嚼子的静物画》，诗人赫贝特独具慧眼，发现了一位放浪形骸、命途多舛的无名画家和他留下的唯一的一幅濒于毁灭的杰作。为揭示画中令人不可思议的隐喻,诗人对这幅油画进行了全面、透彻的剖析。诗人如此重视这位画家及其作品,是因为画家的追求与诗人在精神上有相通之处,或者说体现了诗人的心路历程,在诗人笔下,生命是躯壳的囚徒,人是生活的囚徒,思想是政治暴力的囚徒,他向往的是不按照别人规定的模式思维,自己的行为不受别人左右的"无囚人生"。他认为,世间万物的存在都有其合理性、独立性,而且不可参透。正因如此,诗人赫贝特才用《带马嚼子的静物画》作了书名。

赫贝特给这个集子的第二部分取名"伪经",意为不足凭信的荷兰人生活中的小插曲,收入了一系列趣闻、逸事,形形色色的人物无不写得活灵活现,栩栩如生。

值得一提的是这个散文集子的修辞风格,语言艰深而生动,充满了意想不到的表示绘画特征的形容词、名词、短语,也不乏含有隐喻的表现手法。文章常以机敏的俏皮话结束,字里行间笼罩着一缕淡淡的诗意,精诣独绝,文采风流,故而有人说《带马嚼子的静物画》是某种独特的"诗的宣言"。

二〇一四年五月

随 笔

三 角 洲

假如海洋和陆地都有规整的形态，看到的世界
就会更加完美。
　　　　　　——马勒伯朗士《基督教的沉思》①

威震大洋②
　　　——米歇尔·德·勒伊特③在棺椁上的题词
　　　　　　　　　　阿姆斯特丹，新教堂

　　刚跨过比利时—荷兰国界，我便突然心血来潮，似乎无缘无故，不假思索，就决定改变起初的旅行计划，不走向北的那条经典的路，而选择了向西的另一条路，也就是朝着海的方向，为的是哪怕浮光掠影地了解一下泽兰省④，我对这个省份毫无印象，知道的只是我在那里不会体验到较大的艺术喜悦。

　　迄今我在荷兰的旅游总是按照钟摆运动的方式进行，沿着海

---

① 原文为法语。尼古拉·马勒伯朗士（1638—1715），法国著名神学家和哲学家。——译注（以下未特别注明均为译注）
② 原文为拉丁语。
③ 米歇尔·德·勒伊特（又译德·赖特）（1607—1676），荷兰海军上将，英荷战争的灵魂人物。
④ 荷兰的一个省份，位于该国西南部，主要由岛屿组成，西面靠海，南与比利时接壤。旅游业是该省的支柱产业。

岸——用一种形象的说法——就是从在鹿特丹欣赏博什①的《浪子》，到在阿姆斯特丹的皇家博物馆欣赏《夜巡》②，因此这是某种人典型的行进路线，这种人贪婪地吮吸绘画、书籍、纪念碑的精髓，而把剩余的一切留给那种类似于只顾眼前琐事的《圣经》中的马大③的人。

与此同时，我也意识到我的局限性，因为众所周知，理想的旅行家，是那种善于跟大自然，跟人，跟人的历史，当然也跟艺术建立联系的人，只有领悟这三个相互渗透的因素才是获得有关他所研究的国家的知识的肇始。这一次我允许自己奢侈地离开那些"本质的和重要的"事物，为的是将纪念碑、书籍和绘画同真正的天空，真正的海洋，真正的土地加以比较。

于是我们穿过辽阔的平原，车行在具有文明特征的草原，沿着有如机场飞机起飞跑道一样平整的道路，行驶在一眼望不到头的牧场中央，那些牧场酷似凡·爱克兄弟④的《根特祭坛画》上浮雕的绿色天堂。虽说没有发生任何异乎寻常的事，而且我是做好了准备的，因为有关这一切我已读过上百次，可是在我的感觉器官中却发生了难以描述，而同时又是非常具体的变化。我这双小市民的眼睛，不习惯于观察那空泛无边的风景，犹豫而又胆怯地研究那远方的视野，仿佛是在学习在水泛地上而不是在固定的广袤陆地上飞行，在我的感觉里陆地

---

① 希罗尼穆斯·博什（又译博斯）（1450—1516），尼德兰画家，擅长创作充满奇思妙想的寓意画和宗教画，尤其善画稀奇古怪的动、植物。

② 荷兰画家伦勃朗（1606—1669）晚年的作品。他在绘画技巧上善于在统一的色调中运用明暗对比的手法，使画面产生强烈的深度感和主题突出。在肖像画和人物画构图中，擅长以概括的手法表现人物特征，擅用聚光及透明阴影突出主题，运用笔法表现质感。

③ 马大，《圣经·新约》中的人物，住在伯大尼，她的妹妹是马利亚，兄弟是拉撒路。马大为人好事，性情好动，受世事烦扰；妹妹好静，信教虔诚。在西方以马大喻只顾眼前琐事的妇女。

④ 凡·爱克兄弟指扬·凡·爱克（1385/90—1441）和其兄弟胡伯特·凡·爱克（1370—1426），文艺复兴时期尼德兰画家。两人合作比利时根特城圣·巴冯教堂供礼拜用的根特祭坛画，这是由20多张画组成的组画。

总是跟聚集着丘陵、山脉、扰乱视野线条的鳞次栉比的城市联系在一起的。因此在我迄今沿着希腊和意大利漫游的时候，我常处于一种警笛长鸣的状态，处于一种需要不断夺取更宽广的"鸟瞰"远景的状态，这样做能让我把整个景色或者至少是把整体的大部分尽收眼底，一览无遗。那时我曾攀登陡峭的、布满大理石的得尔福山坡，为的是去看看阿波罗跟巨灵做殊死决斗的地方；我曾怀着虚幻的希望试图登上奥林波斯山，以为我能成功掌握从海到海的整个忒萨利亚谷地（但恰好是那时，我不走运，众神在云中有个什么重要的会议，因此我什么都没有看到）；我也曾耐心地上下跑动，磨蹭光所有意大利市政厅和教堂塔楼的螺旋梯。可是对我付出的努力我所得到的奖赏只是某种勉强可称之为"景色的躯干像"的东西，但那壮丽的，无疑是壮丽的片断后来都变得苍白，我只好像保存明信片那样将那些带有虚假的色调，虚假的光线，毫无激动可言的骗人的小画保存在记忆里。

这里，在荷兰，我有一种感觉，一个小山丘就足以让我对整个国家一览无遗——看到这个国家所有的河流、牧场、运河以及红色的城市——宛如一张大地图，可以放在离眼睛或近或远处。这完全不是艺术至上主义者所能享有的感觉，因而不是纯美学的感觉，但似乎是为最高级的生灵保留的无限权力的小小部分——看到广袤无垠的区域，连同青草、人、水、树木和房屋的整个丰富细节——大凡只是上帝的眼中能看到的东西——世界的庞大和世上各种东西的心。

于是我们穿过平原行驶，它不进行抗拒，仿佛重量法则突然失效，我们以圆球运动的方式沿着平整光滑的表面移动。不可抗拒的感官感觉笼罩了我们，妙不可言的单调，眼睛无精打采，听觉迟钝，触觉退化，因为周围没有发生任何事足以使我们陷入过度兴奋的不安。直到后来，许久以后，才出现了大平原令人心醉神迷的丰富景观。

在韦雷①休息。参观一个国家不是从首都开始也不是从旅游指南上标有三颗星的地方开始,而恰恰是从一个被历史抛弃、遗忘的偏僻省份开始是件明智的事。我一直带在身边的一册一九一一年出版的实事求是和有分寸的旅游者指南,其中就有献给韦雷的十二首冷淡的诗("他全盛时期的一些回忆"②),然而我的无价之宝的向导米切林却为一首应景旅游诗激动不已("柔和的光线,低沉的气氛和昏昏欲睡的韦雷构成了一座城市传奇的外观……它那安静的街道让来访者感受到一种忧郁的魅力"③)。

实际上韦雷——曾经是声名卓著、人口众多和富甲一方的地方,现在却是一座失宠的城市,它仿佛只是表面上存在,因为它已被剥夺了自己的生活,像月亮反射别人的光那样,反映别人的生活。只是在夏天,作为快乐码头④塞满了大群快活的游牧人,然后进入地下,过着隐藏的植物生活。秋天给人的印象是一幅版画,艺术家为了在上面突出城市的围墙、建筑物和房屋的正面——却去掉了人。街道和广场都是空空荡荡。百叶窗全都关闭。去大门口按门铃没有人回应。

看起来似乎小城市曾流行过传染病,但是整个悲剧被尽力隐藏了起来,牺牲者被移到了骗人的田园诗般和无忧无虑的布景之外。数量庞大的古董商店,傍晚时分,它们的橱窗在黄昏柔和的光线里,看起来充满墓地的气氛,宛如一幅幅巨型的静物画。

带有银镶头的手杖跟扇子调情。

琥珀光照亮的市政厅大厦广场。建筑物美轮美奂,细节上精雕细刻,而同时又是坚挺地、大大方方地矗立在大地上——这是过往辉煌年代的证明。正面有一排立在壁龛里的雕塑,地方历史上历届市政委

---

① 韦雷又译费勒,是荷兰西南部泽兰省的一座小城市。
② 原文为德语。
③ 原文为法语。
④ 原文为法语。

员、市长和慈善家的肖像。

在一次晚间漫游时,我碰上了一座厚实的建筑物,它沉重、光滑——像一座没有面孔的神的塑像。它从夜的昏暗中显露出来,宛如从大海里冒出来的整块岩石。没有一丝光线落到这里。在夜的黑暗背景中,它纯粹是一团黑色的巨大原始物质。

格格不入的疏远感突然袭来,但却是温和的袭击,就像大多数迁居到陌生地方的人常有的感觉一样。一种世界存在差别的感觉油然而生,深信周围发生的一切,都不会注意到我自己,我是个多余的、受到排斥的人,甚至这种想看看古老的教堂塔楼的荒诞意图都是可笑的。

在疏隔的状态下,目光迅速反应在一些平庸的物体和事件上,那些物体和事件对于讲求实际的眼睛而言似乎根本不存在。我惊叹那些邮箱和有轨电车的颜色,惊叹那铜质门把手的各种形状和门上的敲门棒,惊讶那些总是令人眩晕的螺旋楼梯和护窗板,那些窗板的表面有两根直线斜切交叉成大"X"的形状,而这个"X"分隔出的四个区间依次填上了黑色和白色、白色和红色的颜料。

我知道,我花了太多的时间谛听那画出的像吉普赛人的大车那样的巨型手摇风琴的乐音,我也曾站在邮局的台阶上,出神地看着街上行驶的绿色的车辆,它旋转着安装在底盘上的刷子,扬起一片片尘雾,这也许不是清扫城市的理想方式,不过也算是提出一个严重警告,说积存这里的尘土永远也得不到安宁。

微不足道的偶然情况,现实的街道片段。

偶尔,我的无计划的漫游也会带来意想不到的裨益。Binnenhof,即内庭院,许久以来就是我所喜爱的海牙中心的结构整齐的建筑形式。有池塘环绕,午后时分几乎是寂静无声。正如我的大师弗罗芒坦①所说:这是个非常僻静的地方,它不失忧郁氛围,特别是有人在

---

① 欧仁·弗罗芒坦(1820—1876),法国19世纪画家兼批评家,出生在拉罗歇尔。

这个时候来到这里，而且这个人又是异乡人，伴随他的已不是风华正茂的年华，这个人在此自会倍感凄凉。试想一个大水池有坚固的堤岸和黑色宫殿环绕。右首是佳木葱茏的散步场所，空无一人，左首从水中延伸出内庭院，它带有砖砌的正面，用石棉水泥板盖的屋顶，一副阴郁的模样儿，呈现出另一个世纪——莫如说是所有世纪的面貌，充满悲怆的回忆，隐藏着历史留下痕迹的那些地方特有的情调……那些完整，却是无色的影子落到沉睡的水面上，平静的水面带着回忆的略有点儿死气沉沉的稳定性，宛如留在正在消逝的记忆里的那种遥远的生活。

　　浪漫的弗罗芒坦先生仍在继续进行有关那些崇高的事物——历史、美、荣耀的思考，可是我却全身心迷恋于那些墙砖。这种棱角鲜明的构件在我心中从未激起过如此的入迷和认识的狂热。

　　黄昏降临。最后的苦涩的胆汁——埃及黄熄灭了，朱砂红变成了脆弱的灰色，白天最后的光华灿烂的焰火变得暗淡无光。骤然出现了意想不到的间歇，黑暗中短暂停留的休止，仿佛有人从明亮的房间匆匆打开通向黑暗房间的门。这种变化发生的时候，我正坐在一张离骑士大厅的后墙十几米远的带靠背的长凳上。我第一次体验到的印象是，哥特式墙壁像块织物——垂直，绷紧，无任何点缀品，织得很密，具有厚实的纬线，细绳似的略有点儿腐烂的经线。色度介于赭石和富锰棕土之间，外带点火红色。并非所有的砖在色调上都是均匀的。有时出现的是淡黄色，宛如没有烤好的小面包，或者是新鲜的闷坏了的樱桃的颜色；这里那里又会出现挂了釉的神秘紫罗兰色。受到骑士大厅的启迪，我开始重视古老、温暖、近似泥土的——砖。

　　每当我踏着街道的石板路和博物馆的镶木地板时总有个想法在折磨我，觉得我是在无功地往返，如果我不能到达内部——人的手不曾触动过的荷兰内部，跟我的集体主人公们——十七世纪的荷兰市民们看到的同样的内部，那么我的所有漫游就都是徒劳。这种想法的目的，就是为了让我和当地人处于同一个范围之内，在永恒的风光背景下。

旅行社的建议是平庸的，缺乏想象力。公共汽车公司的行车时刻表没有味道，犹如车站饭馆的午餐。

于是我只好等待纯粹的机缘巧合，巧合终于在莱克河①谷地诱人的名称下出现了。

谷地是凹槽状的，一派绿油油——深绿，紫绿，以致一切都落满了这种浓浓的、湿淋淋的颜色，只有艾赛尔河②保持了自己浅灰的颜色，犹如独立旗帜，在融入别的水域烟波浩渺之前它一直保持着这种颜色。

在通往鹿特丹的道路左侧，一动不动地立着风车群。我只带着这个景观上路，犹如带着吉祥物。

就是说我在荷兰——物的王国，各种物品的大公国——游荡。在荷兰语中，清洁③意味着既美又纯，好像整洁给提高到了美德的地位。每天从一大清早，整个国度上空就响彻了洗衣、漂白、清扫、拍打、磨光的赞美诗。凡是从地面（但不是从记忆里）消失的东西，凡是曾守卫过顶层阁楼壕堑的东西，如今都出现在五个地区博物馆里，这些博物馆具有仿佛来自童话的名称——埃德，阿培尔顿，利菲尔德，马尔森姆，赫尔蒙德④。那里有百年咖啡磨、煤油灯、沼泽地排水设备和农田灌溉的器具，还有婚礼上和日常穿的小皮鞋，琢磨金刚石和锤打大鱼叉的方法，从海外殖民地输送到欧洲的食品商店模型、缝纫车间和糖果茶室模型，烤制食品的操典，节日糕点，以及展示海滩上巨大鲨鱼的版画，还有三颗不祥的流星。

我曾不止一次自问，为什么恰恰是在这个国家人们带着特殊的关切和几乎是宗教的虔诚保藏曾祖母的包发帽、摇篮，曾祖父的苏格兰

---

① 荷兰中部河流。莱茵河下游右岸支流。
② 荷兰境内莱茵河的支流，在荷兰东部格尔德兰省。
③ 原文为荷兰语。
④ 原文为荷兰语。

毛料常礼服、纺车。他们对物的依恋是如此之深，以致有人定制物品的影像和图像，为的是证明它们的存在，延长它们的持续期。

在文艺复兴时代和巴洛克时代众多的谤书中，荷兰人一成不变地作为守财奴和吝啬鬼出现，占有的欲望缠住了他们，有如魔鬼附体。但真正的富人却很稀少。几乎仅仅包括摄政者阶层，也就是说，那些传统地占有国家和各省最高职位的人。加尔文①教会没有宣传普遍的贫穷，只是反对在服饰、餐桌享受和车辆华丽方面过分炫耀。所幸的是也有一系列办法，以减轻由于过多占有尘世的财富而受到的良心责备，例如为穷苦的儿童和老人建立收容所，由此而产生世上无可比拟的"社会体系"。

金钱有可能成为自豪的根据。可敬的商人伊萨克·勒·梅雷在墓志铭上对自己的美德和善行不赞一词，却提到——作为坟墓里发出的声音，看起来也许不太高尚——他留下的庞大财富：十五万荷兰盾②。

现在我们朝北走，但是看不到海，大海为十几米高的沙色堤坝所遮掩。在下方，在幅员许多公里的地方空前繁忙——载重汽车、推土机来来往往，人们看起来就像在给巴别塔③打基础。实际上这是一块从海底搬来并经过排水的沿海坑田④，一块新的土地，过了一年就可在这块土地上盖房屋，随之也就出现绿草如茵的牧场和庄重的奶牛。

---

① 约翰·加尔文（1509—1564），法国著名宗教改革家、神学家，基督教新教的重要派别加尔文教派（在法国称胡格诺派）的创始人。

② 于13世纪开始流通的荷兰货币，至2002年逐步被欧元所取代。"盾"是中世纪荷兰语中的形容词，意思为"金的"。

③ 巴别塔，又译作"巴伯珥塔"、"巴比伦塔"。《圣经》故事中挪亚的子孙们建造的一座通天的高塔。上帝深怕世人像神一样无事不能，不等他们把塔建成，便降临到那里，变乱了人们的语言，使他们彼此语言不通，无法继续建塔。"巴别"，是"变乱"的意思；那塔叫"巴别塔"，意为"空想的计划"。

④ 北海之岸低于海面用堤坝防护的可耕土地。

荷兰是个年轻的国家，在地质范畴显然属于洪积层①，而且的确是个三角洲，土和来自斯卡尔达河、莱茵河、马斯河的水两种自然元素的强大的混合体。旧地图清晰地表明，大海如何以强有力的撞击从北面，也从泽兰省及荷兰的西面无情地侵入陆地深部。

邦雅曼·贡斯当②在致热尔曼娜·德·斯塔尔③的信中写道："这个英勇的民族，连同它所拥有的一切，生活在火山上，其熔岩就是水。"此话并不夸张。可以说，荷兰在自己的历史中死于水灾的人比死于所有战争时期的人还要多。甚至考虑到过去编年史家有夸大其词的倾向——对比也是阴郁的。北方巨大的须德海湾的产生就是由于带走了五万人的生命的自然灾害。在十三世纪就曾记录过三十五次水灾。这种没有墓碑的坟墓的清单几乎可以无休无止地延长。水同样向大城市进攻：哈勒姆、阿姆斯特丹、莱顿概莫能外。一四二一年当环绕多德雷赫特④的包围圈关闭的时候，从塔楼上看到的只是没有任何生灵的水的荒漠。

跟水灾进行系统的斗争开始于十六世纪和十七世纪之交，它曾是出色的手艺匠人、卓越的工程师的事业，那些不够水平的天才还不算在内。扬·莱赫瓦特⑤无疑是他们中的一个。他由于自己的工作赢得了略有点夸大的诨名——荷兰的列奥纳多·达·芬奇。他的兴趣范围的确具有文艺复兴时代的特征——他在赫拉夫特·德赖普⑥建了一座市政大厦，搞过雕塑，从事过绘画，而他的金属、木、象牙雕刻制品

---

① 地质名词，指洪水淹没的平原或三角洲中的流水淤积所产生的冲积物组成的沉积层，主要含有卵石、砂粒或黏土。
② 邦雅曼·贡斯当（1767—1830），法国政治家，斯塔尔夫人的密友。
③ 热尔曼娜·德·斯塔尔（1766—1817），法国作家，原名热尔曼娜·内克，1786年，她与瑞典驻法国大使斯塔尔男爵结婚，故称斯塔尔夫人。
④ 荷兰西部城市和港口，位于莱茵河和马斯河三角洲的汇合处。
⑤ 扬·莱赫瓦特（1576—1650），荷兰水利工程师、画家、雕刻家。
⑥ 赫拉夫特·德赖普在荷兰西北部的北荷兰省。

同样取得了极大的成功。除了一般物品，他还设计了会奏乐的钟以及大量给土地排水的机器。

莱赫瓦特认为，某种巫术和神秘的附加物不仅丝毫不会妨碍，相反却能帮助真正的科学。他曾组织各种展览，邀请特殊观众参观。在法兰西，他曾当着纳索公爵莫里斯①的面，展示了一部钟形机器，并让自己待在这机器里沉入水中。在水下他写出了摘自《圣经》的诗篇。他靠几个梨子充实身体，又在公爵府众目睽睽之下出现了，他健康、完整、精力旺盛。

几天之后，我习惯了这样一种想法，认为我此行将看不到"黄金时代"荷兰大师们绘画的题材，而事实上，在意大利只要从火车窗口探出身子，便有贝里尼家族②的绘画片断或者是几个世纪前画中的翁布里亚③天空从眼前闪过。作为一种弥补，在荷兰代之这一切的是我得到了最大量的画框风景画收藏。在十六世纪创作的风景画大师弗兰德斯人帕蒂尼尔④像指路明星照耀一方，他善于表现由垂直的屏幕和棕色—绿色—蓝色的远景构建的空间。而后其他画家接踵而来，星座和等级都发生了变化。两位传奇的矫揉造作者科宁克斯洛⑤和谢哲斯⑥，直朴的

---

① 纳索公爵莫里斯（1567—1625），荷兰国父奥兰治亲王的儿子，父亲死后继位，以出众的军事天分留名于世。
② 贝里尼家族指意大利文艺复兴时期威尼斯画派的奠基人雅科布·贝里尼（约1400—1516）及其长子贞提尔·贝里尼（约1429—1507）和次子乔凡尼·贝里尼（约1430—1516），他们的绘画反映了威尼斯的宗教生活，也有世俗人物画像。
③ 位于意大利中部。风景如画的翁布里亚被誉为"意大利的绿色心脏"。
④ 帕蒂尼尔（1480—1524），尼德兰画家，1515年为安特卫普画家联合会成员。
⑤ 科宁克斯洛（1544—1607），荷兰风景画家。
⑥ 赫尔枯勒斯·谢哲斯（又译赛格尔斯，色格尔斯）（1589—1638），荷兰风景画大师，他的作品充满写实又有点儿神秘的味道，甚至带点儿忧郁悲伤的气氛。

阿维坎普、凯普①,赞扬偶蹄动物的画家——波特②,霍贝玛③,德·蒙佩尔④,以上是我所感兴趣的风景画家。

从学校得到的知识,正如众所周知的那样,是成捆正确而同时也是绝对愚蠢的东西。它作为礼品送给我的是确信雅各布·凡·鲁伊斯达尔⑤是最伟大的风景画家。"十七世纪末,也就是画家们在某些题材品种中实现专业化的时代,这位具有非凡的知识和个性,具有永不满足的好奇心的风景画家,在自己的作品中,以无可比拟的荷兰风景画特有的方式,使水、土地和天空不可分割的联系永存。除了他,任何人都没有能力以如此动人的方式,表现大气的价值和云的形状彼此和谐。"

著名学者的这番更像是充满灵感而不是明白易懂的语气昂扬的长篇大论,把鲁伊斯达尔抬高到了上帝的守护天使基路伯⑥的等级。在这位杰出的,虽说不能自制的艺术史家嘴里,画家成了天使长⑦。这么多年来我曾是他忠实的信徒,而且仍然敬重他的叙事画:平静的,从沙丘的远景画出来的,那里可以看到广袤的牧场,牧场上有一条条漂白的布带,而地平线上是卓越的城市哈勒姆,带着高大的圣巴翁教

---

① 凯普(又译库普)(1620—1691),荷兰风景画家,特别擅长画亭立在水边的牛群,天空的云彩也画得很美。

② 波特(1625—1654),荷兰动物画家,特别擅长画牛。

③ 霍贝玛(1638—1709),荷兰画家,以明快晴朗的风景画见长,其特点是真实地表现大自然的美,尤其是自然界的光、色效果,具有朴实、自然、清新的艺术风格。

④ 德·蒙佩尔(又译德·孟波)(1564—1635),史称"小蒙佩尔",尼德兰文艺复兴时期一位非常重要的风景画家。他的风景画充满幻想和主观性,往往采用俯瞰式取景,以蓝色为背景,中间使用绿色,画面的最前方是棕色调。因此视野广阔的全景式绘画成为他独特的艺术特色。

⑤ 雅各布·凡·鲁伊斯达尔(1628—1682),17世纪荷兰最为著名的风景画家之一,也是荷兰古典主义风景画的先驱。

⑥ 基路伯,《圣经》故事中上帝的守护天使,腋下有翅,能载上帝飞行。他们智慧、俊美,服饰珠光宝气。

⑦ 天使长是常见于宗教传统之中的天使,其中包括基督教、伊斯兰教、犹太教和琐罗亚斯德教。天使长一词来自希腊文,含"主要""信使"之意。

堂和在阳光中闪闪发亮的风车翼片。凌驾于这一切之上的是寥廓的天空（它与陆地的比例是一比四）。我始终崇拜鲁伊斯达尔，但作为沿着古老的有点儿土里土气的荷兰漫游的向导，我选择了——扬·凡·戈延①。

　　我还想说说，为什么我对鲁伊斯达尔的感情淡化了。这事就发生在当他的画布上出现了神灵的时候。一切都有了灵性，每片树叶，每根折断的树枝，每滴水。大自然与我们分担我们内心的纷争、痛苦、流逝和死亡。对我来说，最美的是没有同情心的大自然——在别的世界上的冷漠世界。

　　三条低地的大河，它们的支流，数千条小河、溪流，合称为哈勒姆海的巨大水泛地——所有这一切构成了便利的交通条件。在运河旁边构筑了硬路面的大道，种植了浓荫蔽日的树木——从德尔夫特②到海牙③，从莱顿④到阿姆斯特丹——激起了普遍的赞扬和自豪。在海牙的资深英国大使威廉·坦普尔曾说，从斯赫维宁根⑤到海牙的公路（只有几公里长）堪与"罗马人的杰作"⑥并驾齐驱，这不免有一定的夸张。

　　情况随着一年四季的变化而变化。十七世纪中叶盛行的公共马车，装有四个车轮，但是没有弹簧，导致旅行者难以忍受的颠簸，而整个驾上马匹的车辆后面拖着的尘雾遮盖了一切。国会只好实行车辆车辙标准化措施，这无疑是正确的，而同时也加强了道路警察的监

---

①　扬·凡·戈延（1596—1656），是荷兰第一代风景画家中的佼佼者，他擅长表现江河景色，他的名作《乡村景色》（约1645）真实地再现了荷兰的自然风貌。
②　又译代尔夫特。位于海牙和鹿特丹之间的古城，在荷兰南荷兰省。
③　位于荷兰南荷兰省，为该省省会。是荷兰第三大城市。
④　位于荷兰南荷兰省，1575年成为大学城。
⑤　在荷兰西部，临北海。是海牙市的组成部分。
⑥　指罗马大道，是古罗马最著名的建筑奇迹，最初修建它是为了加强首都和各地的联系和统治。"条条大道通罗马"这句谚语的起源就是来自古罗马大道的修建。

管，尤其是在森林地区。对当场抓获的强盗可不经法院审判就地正法。国务活动家惠更斯①，人文主义者，诗人，是个精明的人，他甚至不喜欢在旅游时浪费时间。他乘车沿着莱茵河岸走，在二十几公里的路线上，他数出了五十个绞刑架的惊人数目，以此作为对刑事破案率的统计。

车子吱吱嘎嘎地响着，颠簸着，艰难地走上不大的一块隆起的土地——此刻光线是蜜黄色——再转一个弯，左边有一丛桦树，向运河的水面倾斜得很厉害，那水由于太多的古铜色和多荫的绿树而显得沉重，飘散着淤泥和腐烂树干的气味。右边，是发挥大大的想象力可以称之为农庄的东西：墙上掉落砂浆的房子，屋顶——风暴的百年地图，高耸的砖烟囱宛如塔楼，在抵抗着最后一次进攻。这是个什么样的国家？是什么人的领地？它的统治者的名字叫什么？

我打定主意跟我喜爱的风景画画家扬·凡·戈延一起上路，我没有把握，我们将走的是一条大地上的路线，还是一条想象中的道路？凡·戈延画过一系列所谓的乡村小街；我们曾尽力对其中的一条小街进行描述。这些小街的构图公式是简单的，从画底开始：狭窄的运河，辙迹犹存的沙土路，一个木棚或者某种曾经是房屋的东西，而今天已是美丽如画的废墟，几棵患了佝偻病的小树和一头可视为贫困纹章的动物——山羊。

跟这一切联系在一起的是一长串的问号。在富裕的荷兰从哪里冒出这种题材的爱好者？这个国家是否在什么地方有过类似的贫困小巷，就像我的向导扬·凡·戈延以自己艺术的魔力令我完全信服的那样？真正的特洛伊和艾略特的《荒原》存在于何处？

穿过乡村的道路，河中行驶的渡船，沙丘之中的茅舍、树丛、干

---

① 康斯坦丁·惠更斯（1596—1687），荷兰诗人，同时也是一位富于人文精神的文艺评论家。

草垛，等待摆渡的旅客——这就是凡·戈延画中典型的情节。这些油画没有趣闻，构图松散、暗淡，具有虚弱的脉搏。神经质的素描，迅速落入记忆，眼睛毫无阻挡地接受它们并且长久地留在眼底。当我第一次看到凡·戈延的油画，我感到，我久久等待的正是这位画家，他填补了我想象力博物馆里早已感觉到的空缺，而与此同时随之而来的是非理性的信念，我很熟悉他，而且从来如此。凡·戈延从何处吸收自己油画的情节？有时根据展示的建筑片段可以毫无困难地确定下来。

在维也纳艺术史博物馆收藏的巨幅油画里，我们毫无困难地认出高踞于浩瀚的灰色水面的多德雷赫特的教堂和塔楼，有如装饰图案，水面给分割成半月形状的规整的波浪。可是在慕尼黑画廊收藏的一幅漂亮油画《莱顿景色》上，画家把圣潘克拉齐教堂①搬到了城外，安置在半岛上，两边有河环绕，古老的精致的哥特式教堂就君临于小群渔夫、牧人和放牧在虚构的景观对岸的奶牛之上。他的画作中的地形常常是隐隐约约的：沙丘后的某处，某条河上，道路的拐弯处，某个傍晚……据说，大师在自己的画室里，拥有某些只是自己所能想象的最便宜的基本的用品：黏土、砖、石灰、砂浆、沙、干草，用这些世界所不齿的剩余物创造了一个个新世界。

凡·戈延在自己的创作中期画了一系列精彩的单色作品，画面占优势的是暗褐色、茶色和深绿色。荷兰人没有发明用一种颜色画画的方法，然而却给这种方法增添了魅力和自然，因为单色是可见的现实的准确缩影，便于对闪光和气氛的捕捉（暴风雨前瞬间青色的微光，沉重的金闪闪的夏天午后的光线）。

这位伟大的画家在经营自己的天赋上却是糟糕透顶。他曾是位颇受尊敬的多产的艺术家，但事实上，他出售自己的许多作品只收取打

---

① 潘克拉齐是罗马皇帝尼禄时代（54—68）迫害基督教徒时在罗马斗兽场被斩首的十几岁的男孩，因为他是为基督教殉难，所以后来被尊为圣徒。

发乞丐的价钱五至二十五个荷兰盾,将名利双收的机会一笔勾销。任何一个恪守职业伦理原则的人,除非在迫不得已的情况下,都不会以仅仅略高于原材料成本的价格出售自己的油画。

他很早就开始职业学习,因为刚满十岁就换过五次自己的师父,最后落到了比自己大不了几岁的艾萨亚斯·凡·德·维尔德[①]的工作室,此人是许多出色的、仿佛经雨水冲洗过的风景画的作者。

戈延没有在一个固定的地方定居,他过的是一种吉卜赛人的生活方式。他常在德意志和英格兰旅游,从那里带回几皮包素描。他的那些素描是快速的,从印象出发的,涤除了细节,仿佛是没离开稿纸的铅笔一挥而就;他总是认为近似色调的狭窄搭配比由许多反差构建画面更好,在这个意义上,他至终仍是一位单色画家。

当他将近四十五岁的时候,他定居在海牙,这意味着他至少有了稳定的物质生活。就是说他拥有一切。

他不乏奇思妙想。他买卖过同行的画作,组织过拍卖,做过房屋和地产投机,也做过不幸的郁金香投机生意。

这些商业上新奇花样的结果是使他两度破产并死于债台高筑。一些与他同时代的爱恶搞的人断言,他唯一顺利的交易是婚姻交易:他把自己的女儿嫁给了精明、富有的小饭馆老板——画家扬·斯泰恩。

从雾和雨中显露出的是什么?一滴水中反射出的是什么?是收藏在达莱姆[②]博物馆里的扬·凡·戈延的《河上风光》。这幅画是如此之小,以致一只手就可将它盖住,但这不是札记,不是草图,不是一幅更大作品的试笔。这是一幅地地道道的画,一幅独立的画,它具有简单的结构,有如一首和弦。在天空和大地一派灰蒙之中露出一丛紫柳,它的掌状叶画成了鲜艳的深绿;而有时在这密林深处露出一个小小的黄点。油画没有挂在墙上。这世界的片断给安置在玻璃陈列柜

[①] 艾萨亚斯·凡·德·维尔德(1587—1630),荷兰小画派风景画家。
[②] 位于德国柏林。

里，供人敬仰。

  在暑假过后，我经常留心倾听那些对远方的光线赞不绝口的谈话。但事实上，那光线是怎么回事？为了它从前的艺术家们离开故乡的城市，建立法朗吉大厦①，从事对日光浴的崇拜并作为某个学派进入历史。究竟荷兰的光线是怎么回事？为何我看到的画上如此明亮的光线在我身边周围各处并不存在？有一次，我决定花一整天时间进行气象研究。清晨天气晴好，但是太阳处在酷似乳白色磨砂电灯泡的朦胧的悬浮物中，从那里看不到碧空的痕迹。随后出现了云彩，又迅速消失。不多不少，下午一点半钟的时候，天气突然转凉，半个钟头后，下起了倾盆大雨。豆大的蓝色雨点疯狂地抽打着地面，似乎又要回到天上，以便更加狂暴地降落下来。这雨持续了将近一个钟头。正好下午七点钟，我乘车去了斯赫维宁根，目的是深入研究。这时雨已经停了。整个西边乌云密布。滨海浴场，浴场更衣室，洁白耀眼的娱乐场，此刻都盖上了一层紫罗兰色。就在八点钟之前，一切都发生了变化——开始了令人震惊的水蒸气的狂欢，难以描述的变形现象，形式，色彩的层出不穷，因为甚至连黄昏的太阳也送来了轻佻的粉红色和滑稽的金色。

  演出场面结束了。天空洁净无云。风停息了。远方的亮光闪耀起来又熄灭了——骤然间，没有预告，没有微风吹拂，没有预感，出现了大大的一片灰烬色的云——一片形如被撕碎的天神的云。

---

  ① 法朗吉大厦即法国空想社会主义者傅立叶幻想要建立的社会主义的基层组织，也是法朗吉的成员们居住和工作的场所。

艺术的价格

  艺术是干什么的？
  艺术是为了挣面包。
  它本不该是这样的，它也不该是这样的。[①]
——莱辛《爱米丽雅·伽洛蒂》[②]

  宽敞的房间，相当昏暗，虽说左边有个拱形的大窗户。透过一片片镶在铅框里的厚玻璃，白天懒洋洋的光线渗入房间内部。

  旁边临窗摆放着木制画架，紧挨着画架坐着画家。他头戴一顶贝雷帽，身穿一件粗料旧夹克衫，一条灯笼裤，足蹬一双沉重的走了形的大皮鞋。他右脚靠在画架下方横向的木板上。拿画笔的手接近绘画作品的表面。

  不妨好好想象一下这种耐心的、不规则的钟摆运动：身子前倾——搁上颜料，身子后仰——检查效果。在画框的上方钉有一张纸片——正是将要完成的作品草图。

  房间的深部，在高于画室其余部分的地方（要踏着台阶上去），光线变得昏暗的墙下，一个学徒正在把颜料研成粉末。

  艺术就是这样诞生的吗？在那阴暗的室内，在尘土、蛛网以及缺乏魅力和美感的物品那难以描述的杂乱无章中？在那儿甚至绘画道

---

① 原文为德语。
② 《爱米丽雅·伽洛蒂》是莱辛写的一部具有强烈反封建色彩的悲剧。

具——素描夹、玻璃罐、画笔、纸张、头部的石膏浇铸件、木头人体模型——全部被贬低到了厨房用具的角色。

在这幅画面上没有丝毫神秘、魔术、激情的影子。必须有巨大的迷失的想象力，才能像某位艺术史家所做的那样，在这里看到——浮士德①的情绪。没有人站立在画家背后。经过对道具细小的改变之后，在这个房间工作的就可能是——做桌子的木匠或者是做针的师傅。

所有高雅的兴味和唯美主义者的想象力都不能不体验到失望，并且在作品浓郁的物质性面前撤退。绘画的材料是沉重的、粗糙的、厚实的。

阿德良·凡·奥斯塔德②的作品——《画家在自己的画室》就是这样的。这是一幅画在橡木板上的油画，大小为三十八厘米乘三十点五厘米。

人口刚刚达到两百万的小小尼德兰，在挣脱外国桎梏十几年之后，就成了一个繁荣、强大的殖民帝国，拥有相当强有力的政治组织以对抗像法兰西、英格兰、西班牙这样的大国。在十七世纪饱受宗教战争摧残的欧洲，这是个不同凡响的、众所瞻望的自由、宽容和丰衣足食的避难之所。

那些在荷兰的"黄金时代"造访过这个国家的旅游者的大量叙述保存了下来。年轻的市民共和国以其生活方式与众不同，以其独特的制度，同时以其蚂蚁般的勤劳、发明才能以及对待它的居民生活的健康、具体、俗世的态度引起旅游者强烈的好奇心。

---

① 欧洲中世纪传说中的一位著名人物，学识渊博，精通魔术，为了追求知识和权力，向魔鬼出卖自己的灵魂。

② 阿德良·凡·奥斯塔德（1610—1685），生于荷兰哈勒姆，是位善于反映农夫生活的画家和蚀刻家，创作了800多幅油画和许多蚀刻艺术作品。

威廉·坦普尔，生活在海牙的英国大使，荷兰舞台的细心观察家，曾经写道："人们生活在这里有如世界公民，彼此靠温文尔雅和平心静气联系在一起，受到温和的法律不偏不倚的保障。"国王陛下的使者将自己出使的国家理想化了，毫不奇怪，他活动的范畴是社会的高层。可是在这个时期发现的大量抨击和诽谤中不难听到邻国嫉妒和强烈反感的声音。有人把荷兰比作靠人血养肥的寄生虫。吸血鬼，"饥不择食的虱子"——红衣主教黎塞留①曾如此辱骂。有人写道，这是些"出售黄油的商人，他们在大洋的槽里给自己的奶牛挤奶，他们住在自己播种的森林里，或者是住在变成了花园的沼泽中"。在这句话里谁不会发现无意间流露出的赞叹音调？

有时也会出现不太主观的观察，更重要的是直接涉及我们这个题目的一些言论没有苦胆做调料。彼得·穆迪②曾于一六四〇年造访过荷兰，荷兰人对绘画的酷爱令他惊叹不已。这种艺术门类的作品不仅出现在富裕市民家中，还出现在形形色色的商店、公共处所，噢，甚至手艺匠人的作坊，同样也出现在街道和广场上。另一位旅行家，约翰·伊夫林③在鹿特丹一年一度的集市上看到了数量庞大的画作。须知在别的国家绘画被视为奢侈品，只有富人才能享有。将那些绘画陈列在货摊，在咯咯叫的母鸡、哞哞叫的牲口、破烂儿、旧货、蔬菜、鱼、各种农产品、各种家用物品中间，这个事实本身就不得不让普通的外来人觉得是某种极其特殊、难以理解的现象。

伊夫林在寻找对此非凡现象的解释的同时，任凭想象力自由驰骋，他说，甚至普通农民为买画肯花两千甚至三千镑（这是个巨大的数目，价值等于一莫尔格④果园或近三莫尔格牧场），而他们这样做

---

① 黎塞留（1585—1642），法王路易十三的宰相，枢机主教（1622）。
② 彼得·穆迪（1600—1667），英国旅行家。
③ 约翰·伊夫林（1620—1706），英国作家，英国皇家学会创始人之一，曾撰写有关美术、林学、宗教等著作三十余种。
④ 莫尔格是旧时波兰和立陶宛的地积单位，1莫尔格约等于半公顷。

纯粹是出于精打细算，因为过了一定的时间他们出售自己的"收藏品"会获得可观的利润。英国旅行家弄错了，诚然绘画曾是用于投机的物品，但绘画不是最理想的投资方式。给别人借贷以收取利息或者购买股票要有益得多。

有一点是肯定的，那就是绘画在荷兰曾是——无处不在。给人的印象似乎是，艺术家们力图扩大自己小小祖国的可见世界，通过成千累万幅油画增添现实的内容，那些海岸、水泛地、沙丘、运河、辽阔的视野和城市的景观全都固定在这些油画中。

十七世纪荷兰绘画的蓬勃发展没有跟任何一个富有的赞助人，任何一个对创作者施以慈善关怀的杰出个人或机构的名字联系在一起。我们已经习惯于一提到文化史上某个"黄金时代"总是看到伯里克利①、梅策南斯②或美第策乌什③。

在荷兰曾是另一种情况。奥兰治公爵家族似乎看不到本国的艺术，看不到伦勃朗、维米尔④、凡·戈延和许多其他的人。他们将弗兰芒人或意大利人有代表性的巴洛克绘画置于本国艺术之上。当弗雷德利克·亨利克公爵⑤的未亡人阿玛丽亚·凡·索尔姆斯决定装饰自

---

① 伯里克利（约公元前495—前429），古雅典民主派政治家。公元前444年后历任首席将军，或为雅典国家实际统治者。当政期间推行奖励文化的政策。

② 梅策南斯（公元前68—前8年），古罗马财主，文艺的庇护人。

③ 美第策乌什——中世纪意大利佛罗伦萨美第奇家族，三代都是文学艺术的赞助者。

④ 维米尔（又译约翰·维梅尔，弗美尔）（1632—1675），荷兰黄金时代最杰出的画家之一，与伦勃朗齐名。他的作品中都有着透明的颜色、严谨的构图，以及对光影的巧妙利用。维米尔精细地描绘一个限定的空间，优美地表现出物体本身的光影效果、人物的真实感与质感。

⑤ 弗雷德利克·亨利克公爵（1584—1647），荷兰总督，陆军指挥官，奥兰治公爵。

己的近郊别墅时,她选中了弗兰芒人,鲁本斯①的学生雅各布·乔登斯,是性感的巨幅淫猥作品的创作者。于是本国的绘画便失去了赚钱的宫廷订货。为数不多并被剥夺了政治影响力的贵族放弃了支持自己国家艺术的雄心,就连左右流行风气和审美趣味的雄心也丧失殆尽。最后应提到教会,在所有别的国家,教会在传统上都是艺术创作者强大富有的庇护人,却在他们面前关上了教堂大门,教堂内显露出的是庄重、森严、加尔文宗②的光秃。

于是就产生了疑问:荷兰画家们的物质生活状况如何?他们巨大的产量该归功于什么?因为恐怕不能说成仅仅是出于对美的理想主义的爱吧。我们的答案将是复杂的,真可惜,有不少事情是不能用三言两语说明白的。我们注定要依靠一些残存的不连贯、不充分,甚至是难以翻译成当代语言的资料来加以说明。

圣路加公会③——一个值得自豪的名称,但也可能意味着如福音所说的贫苦——它的成员曾被视为手艺人,毫无例外地出身于次等的社会阶层,因此他们通常是磨坊主、小商人、手工艺者、小旅馆主人、裁缝、染色工的儿子。他们的社会地位就是如此,而非其他。可是他们的作品呢?肯定是美学享受的物品,但同时也是从属于市场法则,从属于无情的供销法则的产品。

"凡是交换的物品,都必须是可比较的。货币起的就是这种作用,它在某种程度上成了媒介"——亚里士多德如是说。因此我们进一步

---

① 鲁本斯(1577—1640),弗兰德斯画家。巴洛克式绘画的代表人物。最大的艺术成就在于融合了尼德兰和意大利的艺术传统,复兴了弗兰德斯画派,对欧洲绘画的发展有重大的影响。创作题材十分广泛,画作不仅以构图有气势、笔法流畅、形象丰富、色彩富丽取胜,而且能以表现强烈的运动和旺盛的生命力吸引人。作品有《农民的舞蹈》、《劫夺列其普的女儿》等。

② 加尔文宗是基督教新教的主要宗派之一,以加尔文的宗教思想为依据。

③ 由画家、木刻家、制版工匠构成的行业工会性质的兄弟会组织,自15世纪以来流行于下莱茵和尼德兰地区。

的思考必须在枯燥的数字中作曲线运行，尝试把散落的小石子尽可能聚集成有意义的整体。

难以确定，在上述时期"平均的"——可怕的统计学家的术语——荷兰手艺匠人家庭的生活成本如何。我们不知道许多日用必需品的零售价格，只知道批发价。然而我们知道，自十六世纪末至十七世纪中叶生活成本几乎涨了三倍。货币掉价，薪金不断增长，但与通货膨胀不成比例。而且像通常情况那样，富人的财产、资本在不断胀大，但处在社会边缘的穷人，甚至赤贫者大有人在。

在这种像生活本身一样变幻无常的形式下如何理出个头绪来？需要使用怎样精密的测量仪器才能抓住极其复杂的经济现象，而同时又限定在具体的地方和具体的时间内？例如在占有资料的基础上可以说，在这样或那样的一年，在阿姆斯特丹一栋屋值这么多或那么多钱。但这并不能说明多少问题。而那些社会学家，尤其是他们的古怪变种——"艺术社会学家"，常常从袖子里随便撒出弗罗林①和盾，为的是使读者头晕目眩、眼花缭乱，并给自己贫乏的知识增添精密科学，其实几乎是数学的光彩。

这样一来就让我们在文献资料允许的情况下，试着确定十七世纪荷兰的劳动报酬和薪金，这样处理问题的方法似乎最明智。让我们拿荷兰盾作为货币单位，其价值大致相当于当时也在流通的弗罗林。曾经还有其他的支付手段，而比较安全的做法是不要深入这座密林。

有人以各种各样的方法，带着有限的成功率，确定荷兰盾与我们当代通货的比值。同样也跟黄金——似乎是可靠的计算标准——作对比。结果也成问题。跟这种贵重金属作比价，荷兰盾经常看跌，还应考虑复杂的交易所牌价。某位严肃的研究者曾写道，在伦勃朗时代荷兰盾的购买力比当代的荷兰盾高出两倍。也许是如此，但当他深奥的论文发表几年之后，他那有点儿是从空气中得来的论断的意义，又重

---

① 弗罗林，旧时荷兰的货币单位，币值相当于盾。

新挥发到空气中去了。

因此我们要与之打交道的是一头难以描述的野兽,最好是预先意识到这一点。磨损了的硬币——塔兰①、赛斯特齐②、杜卡特③、莱茵银币④,它们犹如古老的恶魔,其中假寐着那个亘古就有的善与恶的潜能,把人推向犯罪和行善的力量,集聚在小小的金属片里的激情,犹如爱情狂热,召唤人们走向名利顶峰,也走向刽子手的板斧。

我们根据保罗·祖门霍尔于一六三〇年在阿姆斯特丹的纳税清单,就能找到财富的尺度。那些清单显示出近一千零五处地产,估计价格二万五千至五万弗罗林。往往会有大得多的地产,例如那位移居荷兰的葡萄牙人洛佩兹·苏阿索就曾借给威廉三世公爵⑤两百万荷兰盾用于远征英国。

体力工作者,那些在各处作坊就业的手艺匠人得到的报酬少得可怜,尤其是世纪初织布工人的命运可谓值得怜悯。仅在莱顿一地就有两万名这种不幸的人,他们栖身在各种各样的巢穴里,一天干活十二个钟头,得到几个少得可怜的小钱。大量的暴动和骚乱多少改善了他们的处境,以致在世纪中叶他们每周能挣到七个荷兰盾。在捕鲱鱼的船上干活的渔夫每周的报酬是五至六个荷兰盾,熟练工人,像造船的木匠、泥瓦匠这些人,尤其是在大城市,每周能挣到十个荷兰盾。

有关灰色人群,有关那些吵吵嚷嚷、经常喝得酩酊大醉、永远追逐任何劳动报酬的穷人,有关那些从事黑市交易的商人,那些计时工人,沿街叫卖者,我们都一无所知——唯有老字典才登录了他们的"职业"名称。可以认为,除此之外,他们在生活的行当中表现出了

---

① 塔兰,古希腊货币单位。
② 赛斯特齐,古罗马的银辅币,罗马帝国时代的铜辅币。
③ 杜卡特,古代威尼斯金币,来自拜占庭杜卡王朝(dukas)的名称。
④ 莱茵银币,德国旧时的三马克银币。
⑤ 威廉三世公爵(1650—1702),生于荷兰,1672年作为威廉三世奥兰治总督统治荷兰,自1689年作为威廉三世统治英格兰。

兽性的坚韧不拔和听天由命，不管怎样，他们仍始终把脑袋伸出水面。

绘画的价格，有人将艺术作品投入其中的市场特殊机制，由于极其丰富的荷兰档案公布的资料已相当清晰地为人所知。

天才的大量涌现，几乎共和国每一座城市都设有的数百间画室，致使绘画的供给量颇丰，大大超过需求。画家们在不断增长的竞争者数量的不可抗拒的压力下创作。当时不存在艺术批评，有教养的阶层没有抛出什么明确的审美标准，这是非常民主的一面，但在效果上却经常导致杰出的画家处于比才能不及自己的同行更糟糕的物质生活状况。艺术作品投机异常活跃，遵循的是完全另外的原则而不是美学原则。

在不久前出版的 J. M. 蒙蒂亚斯①的书中，他在对德尔夫特档案馆收藏的一六一七至一六七二年间的五十二份目录进行研究之后，计算出绘画的平均价格为十六点六荷兰盾（没有签名的画作价格为七点二荷兰盾）。这辛劳的计算值得注意，因为它包含了宝贵的一般信息。让我们试着放弃统计的"真理"去关注那种个别的、有血有肉的、不可比拟的东西——也就是说，去关注支付给具体画作的具体价格。在这里我们就会发现惊人的摆幅和多样性。

是什么在支配着绘画的市场价值？艺术家的姓名，他的画室和声望，但在更大的程度上是——题材。确实没有理由愤怒。画上展示的

---

① 约翰·迈克尔·蒙蒂亚斯（1928—2005），法裔美国著名经济学家。从1978年开始，由于厌倦了自己所擅长的经济领域里的政治背景，就中年转行而涉足于荷兰美术史的领域，最后竟成为研究20世纪上半叶荷兰美术史的最权威的学者之一。他在1987年还提出了美术史学者很少注意的一个观念，即17世纪20年代荷兰绘画从鲜艳多彩的画法转为较为单一的颜色面貌，其实正是一种成本削减的效应，经济学家称之为"过程革新"。诸如此类的变化以往总是从审美选择的角度加以把握，如今证明是纯粹的经济动机驱动的结果。其实，蒙蒂亚斯以前并未学过什么美术史，既不懂现代荷兰语，又不熟悉地道的美术史家的行话，50岁时才第一次发表美术史论文。

世界，有关人的故事，向来是满足我们本性的与生俱来的认识需求，而对成功的仿制品的惊叹是某种非常自然的事，与那些空谈纯洁性的权威人士背道而驰。

无论是公众还是十七世纪研究艺术的人，像卡勒尔·凡·曼德尔①，或者塞缪尔·凡·霍格斯特拉滕②（他们本人也是画家）之流，都把所谓的历史画，也就是形象构图放在各种体裁的顶峰。英雄、群众，从《圣经》或希腊罗马神话中汲取的戏剧情节，受欢迎的程度长盛不衰，也获得了高价格。因为这是文艺复兴时期直到十九世纪的艺术理论家做出的源于古风（参看普林尼③）的固定评价。历史画意味着艺术的崇高顶点。

某个法国旅行家惊诧地记录了一个事实，他说买一幅维米尔只画了一个人物的油画索要六百荷兰盾。这仿佛是中世纪标准的遥远的回声。当时付给描绘教堂内部艺术家的报酬是根据画出的圆柱数目来定的。

某个荷兰人向自己喜爱的画家订购表现集市场面的画，要求画上展示的大片猪肉多多益善，鱼和蔬菜也多多益善。啊！贪得无厌的、无法满足的现实饥饿！

在理论上对风景画、习俗画、静物画的评价要比对历史画的评价低得多。因此，令人难以理解的是在十七世纪的荷兰绘画中我们为何会遇到如此大量、属于这种"次等"品种的作品？更有甚者，为何这类作品甚至占绝对优势？正是强烈的竞争要求专业化，市场法则就是如此。每一个从海外殖民地引进食品杂货的商人都知道，为了公司的利

---

① 卡勒尔·凡·曼德尔（？—？），荷兰画家、诗人、设计师、剧作家、传记作者，荷兰瓦萨里艺术史之父。
② 塞缪尔·凡·霍格斯特拉滕（1627—1678），荷兰画家。
③ 即大普林尼（23—79），古罗马作家。今仅存一部百科全书式的著作《自然史》37卷；包罗生物、天文、地理、医药、艺术等门类，为研究古罗马科学史的重要文献。

益，货栈必须有特殊品种的茶叶或是能吸引顾客的特别香的烟草。

在绘画艺术中也有类似的情况。争取人们强烈感受的斗争在一定程度上迫使画家不得不忠于选定的体裁。由此而得以深入潜在顾客的记忆和眼帘中。因为，例如，众所周知，威尔伦·凡·德·韦尔德①，是海景画公司，而彼得·德·霍赫②，是市民室内画公司。如果有位肖像画家，在某个美好的日子里，得出结论，说他已厌倦了那些肌肥肉重的市政委员的胖脸，从此决定去画——多少更漂亮点儿的——花朵，他的双肩便扛上了重大的风险。因为他已失去了迄今的买主，而且进入了一个陌生的园地，进入了那些常年来专门描画郁金香、水仙和玫瑰花束的画家的领地。

在乌弗菲齐画廊众多的杰作中，容易忽略一幅题为《家庭音乐会》的规模不大的绘画，出自弗朗斯·凡·米利斯③的手笔。这是荷兰以演奏乐器的狂热癖好闻名的高雅社交圈子的生活场景。此时乐器已停止了演奏，波吕许漠尼亚④的崇拜者们在喝葡萄酒振作精神。在富丽堂皇的室内背景下，展示的只有六个人物，观看过维米尔作品的那个法国人会怎么说？尽管如此，托斯卡纳公爵科西莫三世⑤为这幅画支付的钱款，就当时荷兰盾的比值而言，可谓是令人头晕目眩，确切说就是两千五百荷兰盾，也就是说，比向伦勃朗订购《夜巡》的商人从自己衣袋里掏出的钱多出九百荷兰盾。

---

① 威尔伦·凡·德·韦尔德（1611—1693），父亲为荷兰黄金时代的海景画家，儿子也是荷兰海景画家。
② 彼得·德·霍赫（1629—1684），荷兰画家。
③ 弗朗斯·凡·米利斯（1636—1681），荷兰画家，擅长习俗画，神话和历史题材的绘画以及肖像画，他的两个儿子和孙子都是画家，是荷兰著名的画家家族。
④ 波吕许漠尼亚是希腊神话中缪斯九神之一，诗歌、合唱的守护神，后被认为是司舞蹈、哑剧的缪斯。
⑤ 科西莫三世即科西莫三世·德·美第奇（1642—1723），在1670—1723年间统治托斯卡纳。

十七世纪荷兰绘画作品的价格是怎样形成的呢？这个问题不是用一个简单的公式所能解释清楚的，不能包括在一个苍白的"平均数"中。

在像艺术作品的交易这种复杂的机制里，是一些可以合理概括，但也是不可预见、由命运决定的因素在起作用，例如，艺术家现实的物质状况，购买者的意愿等。而购买者的意愿又总是恶多于善，因为他们只是窥伺机会，如何支付尽可能少的酬金将画作据为己有。

伦勃朗在自己声望卓著的时期，曾提出生硬的条件，最常出现的情况是，他要求多少报酬就能获得多少。其他那些今天被认为是大师的画家，却不得不满足于少得如此可怜的报酬，以致令人难以理解，是什么奇迹，使他们仅靠甚至最辛勤的创作方能保持名望。

著名的古玩收藏家和美术作品商人约翰·雷尼亚尔美一六五七年在阿姆斯特丹逝世。就像通常在这种情况下所做的那样，有人毫不迟疑对他遗留下的财产进行详细的登记造册。构成这份财富的除不动产、珠宝首饰、奇珍异物之外，还有四百余幅绘画——而且是些怎样的神品——是贺尔拜因①、提香②、克拉乌德·洛兰③的油画，是荷兰最杰出的大师的佳作。每个项目旁边都标出了现行市场价格，也就是根据委派的画家和职业物价员的评估所定的价格，假如有人想变卖遗

---

① 贺尔拜因（1497—1545），宗教改革运动时期德国肖像画家、版画家，曾任英王亨利八世的宫廷画师。素描精练、生动而传神，木刻刀法细致柔韧，富有韵律感。作品有《死神舞》《伊拉斯谟像》等。

② 提香（1490—1576），意大利文艺复兴盛期威尼斯派画家。年轻时代在人文主义思想主导下，继承和发展了威尼斯派的绘画艺术，把油画的色彩、造型和笔触的运用推进到新的阶段，中年画风细致，稳健有力，色彩明亮。晚年则笔势豪放，色调单纯而富于变化。

③ 克拉乌德·洛兰（1600—1682），法国画家，长期旅居意大利。擅长历史风景画（具有宗教、神话、文学、历史情节的风景画），他革新古典风景画，开创以表现大自然的诗情画意为主的新风格，对欧洲风景画发展有较大影响。作品有《欧罗巴被劫》等。

产就可参照这种*此时此地*①的价格。在荷兰许多档案馆保存的许多目录,对于研究者是无价的和可信的文献。

伦勃朗的画作《基督与荡妇》估价最高,因为价格为可观的数目一千五百荷兰盾。考虑到艺术家的级别和作品属于那种受到艺术理论家们如此赞扬的历史画范畴的高尚题材,这种价格似乎完全可以理解。但与理论家们的评价相反,在伦勃朗之后立刻便出现了典型的生活写实风俗画,它正是杰拉德·杜②的画作《厨役姑娘》,此画的估价高达六百荷兰盾。杜是位很受欢迎的时髦画家。温暖的、略带点儿甜味的色调,巧妙的光线变幻,完美无瑕的、精确的线条、轮廓是他绘画的特色。有人讲过这样的趣事,说他整天从早到晚画扫帚和刷子,一根纤维一根纤维地画,使他在荷兰国境之外赢得了崇拜者。然而,其他那些,一点儿也不次于他的生活写实风俗画家,受到的待遇就像是后娘养的。在约翰·雷尼亚尔美遗产目录垫底的地方出现了,就我们的感觉是很出色的画家——布鲁维尔③的名字,他的画作得到的是丢脸的估价,因为仅仅只有六个荷兰盾。

我们只能猜想,那种疯狂的差价(从刚够原材料成本到一个熟练的手艺匠人几年工资的总数)是如何影响到画家的心理。对于许多画家来说,大概是令人兴奋的,因为其中包含了赌博的成分,有一种突然斩断厄运、大赢一把的希望。毕竟存在机会,某日某时会出现一个慷慨的买主——像那位童话里的公爵科西莫一样——一次购买便会敞开富裕的前景。

---

① 原文为拉丁语。
② 杰拉德·杜(1613—1675),荷兰画家。杜只画荷兰日常生活场景。他的作品极其在意小细节,从而创造出一种虚幻的现实。他的油画《生病水肿的女人》被巴黎卢浮宫收藏,是他最好的作品。
③ 阿德里安·布鲁维尔(1605—1638),佛兰德——荷兰低地画派的重要画家。1626年之前属于他的早期创作,风趣地描绘农家生活场景,后来他的风格更加爽朗大气,表现手法轻松写意,充满活泼的情趣。素材取自乡间生活。

当杰拉德·泰尔博赫①在绘制《蒙斯特和平盟誓》（一六四八）的时候，心中暗怀的很可能就是这样的希望。

多数画家恐怕并不指望出现奇迹。他们干得汗流浃背，体验过一系列危机，他们卖掉自己的劳动产品时价格非常低廉。

一六四一年埃塞克·凡·奥斯塔德②，阿德里安的兄弟，苦于财政困难向某个商人（文献提供了这个贪得无厌的奸商的姓名）出售十三幅画，只获得可笑的二十七荷兰盾的卖价。两荷兰盾勉强只够成本，即颜料和画布的价钱。有时学徒的复制品也曾卖到十荷兰盾。

十七世纪的荷兰家庭，甚至那些属于中等和下等富裕市民阶层的家庭，都藏有——在别的任何地方都不可能遇到的事——一百幅，两百幅，甚至更多的画作。

当我们读到，鹿特丹某个寡妇，在处理死去的丈夫留下的财产的时候，以三百五十二荷兰盾出售——毋宁说是批发——一百八十幅油画，在我们面前显现出的形势对创作者很为不利。社会上层不断增长的财富，他们的收藏癖好和对荷兰绘画百折不回的热爱在某种程度上缓和了这种情况。

今天令我们感到诧异的事实是，老一代大师，像凡·爱克兄弟，汉斯·梅姆林③，昆汀·马西斯④这样一些弗兰芒绘画艺术卓越先驱

---

① 杰拉德·泰尔博赫（又译杰拉德·特博尔奇）（1617—1681），是荷兰小画派中风格优雅的室内画家。主要以肖像画及描绘荷兰社会中上层阶级日常生活场景的风俗画而闻名，也是再现安逸室内生活的能手。他的肖像画显示了他对布料贴图的精通以及对色调和光线的微妙处理。

② 埃塞克·凡·奥斯塔德（1621—1649），尼德兰文艺复兴时期的一位非常重要的风景画家。

③ 汉斯·梅姆林（1430—1494），尼德兰弗兰德斯画家，安特卫普流派的大师之一。

④ 昆汀·马西斯（1465/66—1530），尼德兰弗兰德斯画家，是中世纪向文艺复兴时代转折时期的一位重要荷兰画家。他的创作自由、豁达，生气勃勃。

的作品都曾是相对便宜，可以设想，它们引起的兴趣不怎么大。一六五四年，花十八个荷兰盾就可从知名代理商那里买到出自扬·凡·爱克手笔的肖像画。

十七世纪荷兰绘画曾是投机的物品，经常是从手到手传递的不断强化的交流对象，绘画作品交易以各种方式进行，使得某些研究家断言，说它们在这个国家成了几近货币的东西，成了替代支付手段，但在寻找类似情况的同时，却令人想起股票——具有变幻无常、涨落莫测、难以预料的行情。

实际上，荷兰画家几乎能用自己的画作支付一切，经常在放弃自己作品的同时使自己摆脱破产和牢狱之灾。伦勃朗就一贯这么干，例如，他曾交给迪克·凡·卡滕贝格①一系列油画和素描作品，以偿还高达三千荷兰盾的巨额债务。

那时用绘画作抵押贷款，用它们还债（也还赌牌欠下的债务），用油画在鞋匠、屠夫、面包师、裁缝那里付账，是司空见惯的事。在这种情况下，价格的随意性是很大的，债主——掠夺者的优势显而易见。然而也有例外。有那么个平庸的弗兰芒艺术家马太·凡·海尔蒙特在特尼尔斯②和布鲁维尔门下画画，他无力向酿造啤酒的人支付自己的债务，仅仅给了那人一幅油画《农民的婚礼》，以拖延数目高达二百四十荷兰盾的债务不予结算。维米尔欠债从未达到这个数目。出色的乔斯·德·蒙佩尔，一位创作"印象主义的"、波翻浪涌有如怒涛澎湃的大海的风景画的画家，他偏爱葡萄酒，过于经常拜访某个吉斯布雷希特·凡·德尔·克鲁伊塞的酒馆。酒馆老板的家中，在一间体面的客厅里，在装饰了用金线压边的皮革的墙上，为增添效果挂了二十三幅德·蒙佩尔的风景画——世界上最殷富的博物馆也不享有如

---

① 迪克·凡·卡滕贝格（1545—1598），荷兰酒商和艺术收藏家。
② 大卫·特尼尔斯（1610—1690），荷兰描绘农民生活的画家。

此的收藏。

扬·斯特恩①,曾是小酒馆的老板,他给自己的供货者画一张油画,得到一桶葡萄酒。某位花卉画家,欠下面包师三十五个荷兰盾的债务,他将自己的一幅油画给了这位面包师,不久之后,面包师把画卖了,获得高出三倍的利润。

买房、买马都可用画作支付,如果大师没有别的财产,可把油画作当作陪嫁送给女儿。有些长期的、复杂捆绑交易协议名噪一时。有这么一位画家将房子卖给自己的同行要价九千荷兰盾。购买者承诺,每个月将提交一幅价值三十一个荷兰盾的油画(这意味着是一幅"大"画,因为中等尺寸的画价值是十八荷兰盾)。规定一旦供货延迟需支付高达六个荷兰盾的商定违约金。绘画材料——颜料、布丁,还有画框费用,双方各支付一半。

有这么一种特殊的协议,与冥冥中的彼世事务相关联。某位画家,以降低房租作为交换条件许诺房东,画他多年前去世的爱女的肖像。

艺术家的风险限制了肖像绘画(正是这种绘画曾提高了伦勃朗的地位,而后来又促使他的声望衰落),因为模特儿通常是买主,他吩咐画家在他自己最兴旺的时期留下永久的纪念。往往是向一个优秀的绘画大师委托任务的雄心战胜了悭吝。

应该画出丰满的面庞,勇敢地直视未来的眼睛,还要最详细地画出节日服装的缎子光泽和花边。每个人都期望在画上看起来比在现实中更好,更威严庄重。有时画家不得不屈服于自己买主的可笑的神话癖。

---

① 扬·斯特恩(又译扬·斯蒂恩,1626—1679),荷兰黄金时代的风俗画家。他的作品以心理洞察力、幽默感以及丰富的色彩为特点。他画过历史性、神话性和宗教性场景、肖像、静物以及自然场景。他的儿童肖像非常著名。他当过小酒馆的老板,1674年他担任圣路加公会会长。

有位买主跟油画家扬·利文斯①签订了契约,责成艺术家把他画成阿非利加西庇阿②,而把他的妻子画成帕拉斯·雅典娜③。一个经营从海外殖民地输入食品杂货的商人加布里埃尔·莱茵卡姆普,具有杂货商特有的难以抑制的想入非非,他要求画家把他想象成天使长加百列的模样儿,而把他的情妇想象成圣母马利亚的形象。

绘画市场上,除了优秀的油画,还有许多糟糕的干脆是低劣的便宜货(带铜锈的古旧劣货在我们看来更为贵重),此外还有不可胜数的复制品。需知学徒们都是从复制开始自己的绘画教育,成熟的大师"常常重复"自己的油画,才能不足的画家毫无顾忌地伪造天才的驰名画家的作品。

一六三二年阿德里安·布鲁维尔当着公证人的面发表声明,说他只画过一幅油画《乡下人的舞蹈》,并说这幅画现为鲁本斯所有。艺术家想以这种方式割断与当时到处流行的伪造的布鲁维尔的关系,这种做法何啻跟风车搏斗。伪造油画的手艺,跟油画这门艺术本身同样古老,在十七世纪的荷兰,它的发展气度不凡,规模宏大。

我们现在可以大大简化所讲的故事,它含有滑稽小说的成分和情节。不妨将它定名为"格里特·优伦堡④的伟大和落败"。

主人公是谁?是一个没有才能的画家,正如从故事中所知的那样,这种人可能是对周围有威胁的人物,尤其是如果大自然赋予他们强有力的意志,或者至少是有一种不可抗拒的绝对命令推动他们为了

---

① 扬·利文斯(1607—1674),荷兰肖像画家,也画静物画、宗教画、寓言画和风景画,是一位大胆创新的画家。

② 即大西庇阿(公元前236—前184),古罗马统帅。公元前205年任执政官,次年率军进攻迦太基本土,公元前202年败汉尼拔,从而结束第二次布匿战争,获"阿非利加西庇阿"之称号。亦为罗马著名演说之一。

③ 即希腊神话中的智慧女神。

④ 格里特·优伦堡(1625—1679),荷兰画家。

争名夺利不惜付出任何代价。他的父亲,亨利克·优伦堡,即伦勃朗之妻萨斯基娅的表兄,他干过许多工作,做过艺术品买卖,当过遗产定价者,干过清洗和给油画上漆的活儿。他过着清贫、勤劳、操心、灰色的日子。

儿子格里特是用另一种泥巴捏出来的,跟他完全不一样。儿子为人机智,雄心勃勃,具有赢得别人好感的天赋,他编织了一张精密的熟人关系网,直到终于获得了共和国权威人士的信任。一六六〇年国会委任他加入外交使团,出使英国,造访查理二世的宫廷。格里特在给国王的礼品中带去了二十四幅意大利学派的油画,这些油画是从一个殷实的寡妇手中买到的,花费了非同小可的一笔款子,总共八万荷兰盾。

带着运送的贵重货物朝向岛国海岸的旅行决定了优伦堡的命运。无论是海洋魔鬼,还是大诱惑者①对此都无需耗费精力。诱惑自身就产生在格里特讲求实际的脑袋中,变成了令他神魂颠倒的简单思维。既然在荷兰生活着足够数量的艺术家,他们能够画出并不差劲兼又更加便宜的一切,那么从威尼斯或罗马引进油画就没有多大的意义。应该打败意大利人,用他们自己的武器——这是战斗的召唤。

格里特返回阿姆斯特丹后购买了两栋房子,在里面布置了展览厅、画室,召来渴望固定薪金的艺术家。就这样在荷兰诞生了意大利绘画的大作坊。整个事务保持了应有的缄默。

开头一切都发展得称心如意,生意做得热热闹闹,直到突然,完全是出乎意料,狡猾的命运向格里特撒下了一张招致灾祸的网。这事就发生在当优伦堡跟勃兰登堡选帝侯签订了非常有利的协议、供应十三幅杰出的意大利大师的油画并且收取了高达四千荷兰盾的定金的时候。可是,谁能料到荷兰的花卉画家亨德里克·弗罗芒坦当时在选帝

---

① 大诱惑者指撒旦,是一条蛇,它被天使捉住后,被捆绑1000年。1000年后,当他被释放出来的时候,要迷惑地上四方的列国,叫它们聚集争战。

侯的宫廷效力，此人多年前曾为几个少得可怜的小钱给阿姆斯特丹制造的意大利工场主干活。他的报复是甜蜜的，而他的鉴定却是毁灭性的：这些油画中没有一幅是真正的意大利学派的作品。

接下来事态以加速度的方式进展。选帝侯退回了油画。格里特怒发冲冠——整个事件闹得满城风雨——他组织了一个由九位专家构成的委员会，该委员会做出了所罗门式①的判决：某些油画是好的，另一些不怎么好，但所有的油画都有可能在意大利绘画集中找到。这该意味着什么——不清楚。令人纳闷的判决的某种含混不清，犹如神秘的女子，具有自己的魅力。

这样处理问题自然不能使雄心勃勃的格里特感到满意。他将常年疯狂地维护自己的商人荣誉，而说得不那么夸大其词——简而言之，就是维护自己的生存。

鉴定在不断增加。包括威廉·凡·阿尔斯特②，或威廉·凡·考尔夫③这样一些出色的画家在内的专家小组断然声明，说格里特的全部收藏都是拙劣的粗制滥造之作的堆积。然而，稍后建立的委员会所做出的裁决却不是那么绝对和无二义——三十一名画家肯定油画的真实性，二十名画家反对。同样，在收集间接罪证的过程中，专家们相互矛盾的评价更加使事态蒙上阴影。

黑幕在两个层面上滚动。一个是表演式的丑闻，它使荷兰整个艺术界处于紧张状态。到处传播笑话，诽谤，一些不大高明的，甚至像

---

① 所罗门是公元前 10 世纪希伯来统一王国国王，大卫的儿子，以智慧断案著称。

② 威廉·凡·阿尔斯特（1627—1683），荷兰静物画家，被认为是荷兰黄金时期绘画的领军者之一。

③ 威廉·凡·考尔夫（1619—1693），荷兰黄金时期的著名静物画家，他追求画的色彩对比、统一，不同质地的器物特征鲜明，栩栩如生。晚年他成了一位艺术品商人和鉴定专家。

冯德尔①这样杰出的诗人写的诗,有的维护,有的无情讥笑优伦堡。坦率地说,那些酷爱观看公开执行死刑和咔嚓一声破产的人,有很大的健康游戏的成分。

第二个,更深的层面,在这个层面上就像可以猜想到的那样,隐藏着黑幕的真正动力。如何解释参加鉴定的数十位荷兰画家在评价上有如此之大的差别?难道这不是对意大利美术的秘密审判?须知意大利画家是荷兰本国艺术家严酷的竞争者和无法打败的。

最终格里特被迫投降。一六七四年,他搬出自己的"意大利"油画进行拍卖。两年后他出售自己剩余的藏品,而其中有些杰出的画作——伦勃朗,拉斯特曼②,凡·阿尔斯特,加布里埃尔·梅特苏③,赫尔枯勒斯·谢哲斯的油画。所有这些画作无疑都是真品。

优伦堡离开了自己忘恩负义的祖国。他去了英国,也就是去了他受到莫大诱惑的地方。直到生命的尽头,他将始终绘画肖像的风景背景,当然有点儿是由于自己英国同行的美意。

*艺术养活艺术家*④。就像对待历书上所有的格言、箴言一样,对这句格言必须持应有的怀疑态度。如果美术真的养活艺术家,那她就是个矫揉造作、漫不经心、经常完全是不可预知的乳母。

"黄金时代"的荷兰画家从事过各种各样、每个所谓艺术家的现代人都会认为是"丢脸"而予以抛弃的工作。也就是当手艺匠人,而他们对待生活的谦卑是伟大和美好的。

---

① 约斯特·凡·德·冯德尔(1587—1679),17世纪荷兰著名诗人、剧作家,擅长写悲剧。

② 彼得·拉斯特曼(1583—1633),荷兰画家,擅长创作人物肖像,而且重点是手、脚和脸的刻画,风格上有自己鲜明的特点。他培养出两位著名的画家伦勃朗和扬·利文斯。

③ 加布里埃尔·梅特苏(1629—1669),荷兰小画派画家。

④ 原文为拉丁语。

那些附加工作中有些跟他们的职业有某种共同之处，要求运笔技巧灵活，熟知材料的性质，尽管超出了油画范围。也就是说，他们什么都画——天花板、壁炉、门上的装饰画，也为点缀轮船、马车、古琴、钟表、瓷砖、陶瓷器皿作画，同时也完成商店招牌的订货。优秀的画家格里特·贝克赫德①曾被命名为画招牌的拉斐尔。法国旅行家索尔别尔赞叹荷兰商店的美学："其标志是有时非常不错的图画②。"卡莱尔·法布利休斯③以画城徽填补家庭预算，按二百一十二荷兰盾一件收费。

另一些人——他们中有最杰出的画家——过着职业的"双重生活"。他们是厨师，小酒馆、小旅店、砖窑的老板，小公务员，他们贩卖过美术作品，做过不动产、长筒袜、郁金香生意，总而言之，他们遇到什么就干什么。财富的微笑、命运的恩惠更常出现在富有的国家，而且所有人都在悄悄指望这一点。杰拉德·杜，这个迷人的幸运儿，仅为优先购画权就从瑞典驻海牙公使手中得到每年五百荷兰盾的报酬。

荷兰画家的好名声确保受到外国宫廷的邀请。例如戈德弗里德·沙尔肯④、阿德里安·凡·德·韦夫⑤、埃格隆·凡·德·尼尔⑥曾常年在杜赛尔多夫⑦选帝侯宫廷效力。但是大画家——维米尔、哈尔

---

① 格里特·贝克赫德（1638—1698），荷兰画家，擅长古典画、古典建筑、古典场景景物装饰画的油画大师。
② 原文为法语。
③ 卡莱尔·法布利休斯（1622—1654），荷兰黄金时期的小画派画家。
④ 戈德弗里德·沙尔肯（1643—1706），荷兰肖像画家。
⑤ 阿德里安·凡·德·韦夫（1659—1722），荷兰肖像、花卉画家，也画色情、虔诚和神话场景。
⑥ 埃格隆·凡·德·尼尔（1634—1703），荷兰肖像、风景画家，擅长画海与河等有水的风景画。
⑦ 位于德国莱茵河畔。

斯①、伦勃朗——从未到过阿尔卑斯山外，抑或哪怕是去邻近的国家。他们忠于自己祖国的树木、围墙、天上的云彩、故乡的城市，更奇怪的是，这种自愿保持的土气乃是力量的源泉，并且决定了他们死后的巨大声望。

缺乏稳定、朝不保夕是艺术家们的噩梦，他们竭力以各种方式对付这噩梦，以确保自己在一定时期拥有稳固的生存条件。只有为数不多的人能获得成功。受到高度评价的画家伊曼纽尔·德·维特②跟公证人约里斯·德·怀杰森签订协议，依约他向公证人供应自己整年的全部产品，换得八百荷兰盾，住宅和食物。有时一位富商或收藏家到法兰西或意大利旅行，身边带个艺术家，此人为得到一定数目的钱款给他画风景、画罕见事物和城市景观素描。

我们曾竭力从平庸的、不太感人的方面，从"亏"、"盈"栏目的观点，也就是从灰色的会计学观点看十七世纪荷兰画家的生活。这样做比慷慨激昂和感伤的叹息更诚实，更好。那些给敏感的心灵写"*虚构的生活*"③的作者才会陶醉于感伤的叹息。

不错，命运并不曾顾惜圣路加公会的成员。我们知道，赫尔枯勒斯·谢哲斯和七十五岁的伊曼纽尔·德·维特为物质烦恼所困自杀而亡。哈尔斯、霍贝玛④、鲁伊斯达尔死于养老院。贫困、酗酒的事经常发生，但至少并非总是如此。卓越的菲利普斯·沃夫曼⑤送给女儿

---

① 弗朗斯·哈尔斯（1580—1666），荷兰肖像画家和风俗画家，喜爱画豪迈、乐观的人物形象，善于表现对象的个性和不同神态。笔法流畅，有节奏感，色彩简朴而明亮，突破传统画法的束缚，对后来欧洲绘画技法的改进有较大启发。其头像印在10荷兰盾钞票上。
② 伊曼纽尔·德·维特（1599—1658），荷兰黄金时期的海景画家。
③ 原文是法语。
④ 霍贝玛（1638—1709），荷兰风景画家。
⑤ 菲利普斯·沃夫曼（1619—1668），荷兰巴洛克时期风景画家。

两万荷兰盾做嫁妆；海景画家扬·凡·德·卡佩勒①可以平静地闭上眼睛，因为他留下估价十万荷兰盾的财产和两百幅卓绝的油画收藏（其中包括鲁本斯、凡·戴克②、伦勃朗的作品），还有数千幅版画。但应补充的是，凡·德·卡佩勒在更大程度上是从顺利发展的染坊而不是从绘画里获得自己的收入。

有关荷兰创作者生活的信息保存下来的极少，他们属于那种身后只留下作品，而没留下抱怨和哭诉的艺术家群体。确实，这里没有戏剧性的情节、不健康的红晕，没有任何耸人听闻的事。他们在人世间的整个生存状态可以压缩在几个日子中——出生，出师，结婚，孩子的洗礼，最后是死亡。

只能羡慕他们。无论怎样的渺小与光辉，无论他们有怎样的失望和事业的挫折，他们在社会上的作用，他们在人世间的地位都是无可置疑的，他们的职业得到了普遍的承认，就像屠夫、裁缝或面包师的职业一样毫无疑义。任何人的脑海里都不会产生绘画艺术为何存在的问题——因为没有绘画的世界简直是不可思议。

我们才是精神贫困的人，非常贫困。绝大部分当代艺术站在混乱一边，在空虚中装模作样，或者是叙述自己贫瘠灵魂的故事。

过去的大师们，所有的人无一例外，都能重复拉辛的话："我们工作，就是为了博得公众的喜欢。"这句话意味着，他们相信自己工作的意义，相信人和人彼此之间相互理解的可能性。他们带着充满灵感的精细和孩子式的庄重肯定可见的有形现实，仿佛世界的秩序、星球的运转、天穹的稳定性全部都有赖于这一点。

赞美这种天真烂漫。

---

① 扬·凡·德·卡佩勒（1624/1625—1679），荷兰风景画大师，尤其擅长画海景。

② 安东尼·凡·戴克（1599—1641），比利时弗兰芒族画家，英国国王查理一世时期曾任英国宫廷首席画家，为查理一世及其宫廷人员画了大量肖像，他的绘画轻松高贵的风格，影响了英国肖像画将近150年。

郁金香的苦味

> ……勇敢的郁金香会低垂到地面
> 它的脑袋像个处女刚被强奸①
> ——罗伯特·赫里克②

一

这是讲述人类的一种疯狂的故事。

在这个故事里不会有吞没一座河畔大城市的火灾,没有对无力自卫者的屠杀,也没有洒满清晨光线的辽阔平原,全副武装的骑士在这里跟另一些武装骑士相遇,为的是在傍晚时分,经过惨烈的战斗之后,显示出双方首领中哪一个应在历史上获得一席谦卑的地位,一座青铜塑像,或者在最不走运的情况下,也能以自己的名字给贫困的郊区一条侧面的小街命名。

我们的戏剧是质朴的,不怎么慷慨激昂,远离著名的历史流血事件。因为一切都起始于无辜的植物,起始于花,起始于郁金香。正是它——简直难以想象——燃炽起了群体的不可遏制的激情。更有甚

---

① 原文为英语。
② 罗伯特·赫里克(1591—1674),17世纪英国诗人。

者，对于所有研究这种奇特现象的人来说，最为震惊的事实是，那种疯狂涉及的是一个节俭、清醒、勤劳的民族。从而出现的疑问是：为何在文化昌明的荷兰，而不是在别的什么地方，*愤怒的郁金香*①——郁金香狂热达到了如此令人恐惧的程度，震撼了国民经济牢实的基础，将社会各阶层的代表人物统统拉入了一场豪赌。

有些人用尼德兰人对鲜花的众所周知的酷爱来解释。也有一个古老的逸闻：某贵妇请求画家给她画一束罕见的鲜花，因为她无法购买。从而就产生了迄今尚不为人所知的绘画分支。我们该看到，对于那位贵妇——绘画中新领域的感召者，美学动机所起的作用完全是次要的。她所渴求的是现实的东西——绿茎上顶着由花瓣构成的王冠。艺术家的作品只是代用品，是现存事物的影子。这就像两个被判处天各一方的情人，不得不满足于心爱面孔的肖像，开头绘画表现的是对遥远的、无法到达的、失去了的现实的思念。

还有其他更加平庸，或者可以说完全平淡无奇的理由，似乎足以解释荷兰人对鲜花的特殊癖好。国家受到合理经济的制约，剥夺了植物无拘无束的蓬勃生长，许多旅游者感到惊诧，因为他们在这个国家看不到喧闹的粮田。粮食从国外进口。土地少，土地的质量一向很糟糕，而价格总是太高。大部分土地用作牧场，还有果园和花园。国家的自然条件本身迫使人们在空间有限的小片土地上从事集约经营。

大自然对人也提出了美学挑战。这样一来就不难理解，荷兰景色的某种单调性，产生了对各种各样、色彩斑斓、不同凡响的植物群的幻想。其中可能沉睡着对失去的天堂的思念，中世纪的画家将这天堂展示为玫瑰园、果园，或者是花坛的形象。永恒的绿比永恒的光更能影响想象力。

跟法国或英国豪门贵族靡费奢华、富丽堂皇的花园相比，荷兰人的花园显然是简单朴素的。最常有的情况是，荷兰人的花园占有的面

---

① 原文为荷兰语。

积不超过数十平方英尺，但园中植物是何等丰富，色彩搭配是何等聪明；带有苔藓小岛的草坪，五彩缤纷的鲜花畦、丁香丛、苹果树丛——而这一切又加上了花样——撒满白色沙子的小矮人小径网。

每个人，甚至普通的手工匠人，都渴望在房屋的后面有自己的花圃，培植出比邻居的花园里更漂亮、更不凡的——玫瑰、鸢尾花、百合花、风信子。那种对大自然的倾倒——仿佛是很早以前对生长崇拜的回声——具有开明爱恋的一切特点。在莱顿，同样在一些别的大学有熟知植物世界的卓越专家授课，例如被称为克鲁休斯①（后文还会提到他）的法国人雷克鲁斯于一五八七年建立了第一所植物园。学者们跟殖民者一起出发，进行遥远而危险的远征，为的是去认识异国大自然的秘密。而广大读者则是满怀热情地争读研究分类、解剖和植物栽培的书籍。扬·凡·德·梅乌尔斯②的以其有特色的书名《神木园》③出版的三卷集大部头作品就是这丰富文献的总汇。

海牙的莫瑞泰斯皇家美术博物馆里，有一幅名为《拱形窗背景下的花束》的油画，出自优秀的花卉画家、老安布罗修斯·博斯查尔特④的手笔。正是这幅油画激起了我内心的某种不安，虽说我很清晰地意识到，不安的原因不可能是绘画的题材本身。因为有什么能比以奇巧、精致的简朴方式扎出的，展示在蓝天下，融化在一派蔚蓝的远方山色背景中的玫瑰、大丽花、鸢尾花和兰花花束更令人心情平静，更富有安宁闲逸的田园风味呢？

然而对题材的处理本身却令人惊诧，也有点儿离奇怪异。在这幅油画上花卉——大自然温顺的女仆，无力自卫的奉献喜悦和赞美的主体——目空一切，君临一切，带着迄今从未有过的强度和力量耀武扬

---

① 卡罗卢斯·克鲁休斯（1526—1609），法国著名植物学家、医生和人文主义者，他对郁金香非常感兴趣。
② 扬·凡·德·梅乌尔斯（1579—1639），荷兰植物学家。
③ 原文为拉丁语。该书于 1624 年出版。
④ 安布罗修斯·博斯查尔特（1573—1621），荷兰小画派花卉画家。

威。似乎是，这里出现了重要的、决定性的解放活动。"大自然温顺的女仆"抛弃了装饰的作用——不卖弄风姿，不晕厥，而是以自己傲慢的，可以说是有意识的个性向观众进攻。它仿佛是超自然的，顽强存在着的实体。这一切之所以发生，并非由于它是画家暴烈的内心状态的表现（如梵高的《向日葵》），而是完全相反，花卉的形状、颜色和特点给极其精细地表现了出来，不漏任何细节，反映出的是植物学家和解剖学家冷静的不偏不倚。油画的光线——明亮，"客观"——意味着，画家放弃了明暗法①，绘画等级的一切魅力，这就是——使一些物体没入阴影和用照明强调另一些物体。《拱形窗背景下的花束》可与弗朗斯·哈尔斯的群体肖像比美，在那幅油画上重要人物和次要人物没有区别。

博斯查尔特的油画产生于一六二〇年左右，在画家离世前不久。我们打算讲的事件发生在数年之后。但在这幅油画上可以看到步步逼近的暴风雨的迹象。因为，难道那些大声要求赞叹和敬仰的解放了的、居高临下、盛气凌人的花卉不是特殊崇拜的表现？哪怕是油画布局本身也表明了这一点。花束安放在宛如祭坛的高窗上，高踞于整个大自然之上。多神教的花卉圣餐盒。

在博斯查尔特的画中有几支不祥的郁金香。

二

  大凡疾病都有自己的历史，这意味着：每个时代都有自己固定的疾病，它们先前不曾以这种形式出现，此后也不会以这种形式返回，这种说法并非

---

① 原文为意大利语。

根本不可思议。

——特勒尔斯·隆德①

郁金香是东方的礼品,犹如其他许多值得受到祝福的有益礼品和许多不祥的礼品一样。来自东方的礼品有宗教、迷信、草药、麻醉草药、圣书、袭击、瘟疫和水果等等不一而足。郁金香的名称来自波斯,意为丘尔邦——即穆斯林男子的缠头巾。许多个世纪以来它曾是亚美尼亚、土耳其和波斯的花园里受到喜爱和景慕的花卉。在苏丹的宫廷每年都举行郁金香节。诗人欧玛尔·卡亚姆②和哈菲兹③都曾写诗歌颂过它。阿拉伯民间故事集《一千零一夜》中提到过它。它在漫游到欧洲之前,已有了数百年的东方生涯。

它在西方的出现是外交家的功劳。此人名叫奥吉尔·奇赛林·德·布斯拜克。他曾作为奥地利哈布斯堡王朝的使者来到君士坦丁堡光辉的苏里曼④的宫中。他受过良好的教育,对世界充满了好奇(至今保存有他写的有趣的旅游札记),他出于职责写了许多详尽的外交报告,但恐怕是以更大的热情收集希腊人的手稿,古希腊、罗马的铭文,也收集实物。一五五四年他将一批郁金香种球发送到维也纳的宫廷。这就是恶的无辜肇端。

从这时起,郁金香花以惊人的快速在欧洲传播开来。被称为德国的普林尼的康拉德·吉斯纳⑤在一部题为《日耳曼园艺植物》⑥(一五六一)的著作中,首次给这种植物做了科学描绘。在这同一年,银

---

① 特勒尔斯·隆德(1840—1921),丹麦历史学家。
② 欧玛尔·卡亚姆(1048—1122),古波斯诗人,又译莪默·伽亚漠。
③ 哈菲兹(1320—1389),古波斯诗人。
④ 即苏里曼一世(1494—1566),土耳其苏丹,1520—1566 年在位期间颁布法典,改革行政制度并大事扩张领土,成为奥斯曼帝国极盛时代。
⑤ 康拉德·冯·吉斯纳(1516—1565),瑞士著名植物学家、医生和古典语言学家。
⑥ 原文为德语。

行家富盖尔家族的众位客人在他们位于奥格斯堡的花园，对栽种这种当时尚属罕见的花卉的花畦赞不绝口，稍后这种鲜花才出现在法兰西、尼德兰、英格兰。在英国，查理一世的园丁约翰·特兰德斯岑特曾夸耀自己培育的五十种郁金香。短时期内美食家们曾尝试用它制作美味端上讲究的餐桌：在德国吃郁金香是加糖，在英国却是吃辣的，加橄榄油和醋。

药剂师们的密谋同样不光彩，他们试图用这种植物制作抗肿胀的药物，所幸的是毫无结果。郁金香保持了自己的本色，它是大自然的诗，任何庸俗的功利主义都跟它格格不入。

因此，开头这是君主、帝王、出身高贵的富人的花卉——非常昂贵，在花园里受到保护，难以接近。那时人们给它杜撰了灵魂——说它表现了讲究和优雅的沉思。甚至它的缺陷——没有香气——也被视为一种矜持的美德。实际上它那种冷淡的美，不妨说，具有内向的特征。郁金香许可人们对它赞叹，但不会激起强烈的感情——渴慕，忌妒，爱的狂热。它是花中的孔雀。至少那些宫廷"花园哲学家"都是这么写的。历史表明，他们错了。

众所周知，宫廷的鉴赏力具有传染性，经常受到模仿，而且是受到社会较低阶层的模仿，为此它遇到应得的上帝惩罚。在十七世纪初，编年史家记录了在法国的头一批表现——不妨让我们这样说——强烈的郁金香热。一六〇八年某位画家为了唯一的一个称为"布朗的母亲①"的罕见品种的鳞茎跟自己的磨坊分手；某个年轻的新婚男子似乎异常兴奋，只因他从岳父手中得到一枚与当时情景相称的称之为"我女儿的婚礼②"的贵重郁金香种球作为全部陪嫁；另一个头脑发热的暴性子人毫不迟疑地拿自己兴旺的啤酒厂交换一枚郁金香鳞茎，

---

① 原文为法语。
② 原文为法语。

从此这个品种便有了个不太文雅的名称"啤酒厂郁金香①"。

实例还能增加,可以毫无困难地指出,凡是郁金香出现的地方,或多或少都记录了郁金香狂热的情况。然而只是在荷兰才达到瘟疫的强度和规模。

流行病的起始不清晰,在时间和空间上都难以确切地划定。确定鼠疫传播的问题要简单得多。某日,一艘东方来的轮船进港停泊,部分船员发高烧,一些人说胡话,在他们的身上看得见皮疹。他们上了岸,被安排在医院、家中和路旁小旅店里。第一批死亡事故,然后一般以死亡告终的病人数目急剧增长。灾乱笼罩了整座城市,整个地区,整个国家。公侯和乞丐、圣徒和自由思想家、罪犯和无辜的儿童纷纷死去。那种死亡魔窟打自修昔底德②时代就有过多次详细的描述。

但是郁金香热——麻烦从这里开始——是一种思维现象,换句话说,是一种社会精神变态。就像别的那些精神变态——宗教的,战争的,革命的或经济的(例如淘金热或一九二九年美国股票市场大崩盘)歇斯底里一样,尽管有许多惊人的相似之处,显然不能(多么可惜!)用传染病范畴来进行解释。我们缺乏相应的工具,不足以在数量上衡量瘟疫的规模和范围,"传染"程度、具有强烈及温和进程的"发病"数目、得了狂热病的个别人的"发烧曲线"。因此,剩下的只有深入感悟事态气氛的方法,谨慎描述,记录某些鲜明和突出的事例。

难以准确推定,郁金香何时首次出现在尼德兰,但多半是相当早。比方说我们知道,一五六二年在安特卫普港口接受了郁金香鳞茎的运货。但对这种花卉强化的兴趣出现在数十年之后,大概是在国王

---

① 原文为法语。
② 修昔底德(约公元前460—约前396),古希腊三大历史学家之一,著有《伯罗奔尼撒战争史》。

们的宫廷，尤其是成为法国宫廷占统治地位的时髦风气的反映。

在十六世纪和十七世纪转折时期，发生了某个表面看似乎是犯罪编年史上不怎么重要的事件，但实际上却是在荷兰土地上郁金香热的最早表现之一。就是那位卡罗卢斯·克鲁休斯——我们此前已提到过——著名的莱顿大学植物学教授（此前他曾担任维也纳皇家花园园长的职务），他是位广为人知的学者，而同时又是个多嘴多舌藏不住秘密的人，甚至可能还有点儿游手好闲。他常利用每个机会不仅向大学的同事，也向偶然遇到的听众讲述他所培育的植物。最常见的情况是，他热情洋溢，带着难以掩饰的自豪到处吹嘘自己培育的郁金香，并且断言拿世上任何财富他都不肯与之交换。这是公开的挑衅，学者想必不曾意识到它的后果。就在某个月黑风高的夜晚，一些无名的不速之客闯进了大学的花园，盗走了克鲁休斯的郁金香。窃贼显然具有不低的科学素养，因为他们的掳获物是清一色的真正罕见和珍贵的品种。心灰意冷的植物学家至死再也不曾从事这种植物的研究和栽培。

这整个故事令人想起有关魔法师学徒的歌谣。事情发生了突如其来的改变：耐心探索的、科学的、因而也是无私的研究对象变成了丧失理智的金钱交易的目标。

这里产生了一个本质问题——为什么恰恰是郁金香，而不是别的花卉解放了疯狂？

有几个理由。我们已经说过，郁金香是皇家贵族的专宠，并且是受到崇拜的花卉。享有某种本是帝王、君主为之骄傲的东西该是何等的乐趣！除了这些势利的理由之外，还存在着一些可以说是纯粹自然的理由……栽培郁金香不会遇到太大的问题和麻烦。它是一种不会白费力气、容易熟化的花卉。每个人，哪怕只拥有最小的一块土地，也会奉献给这种爱好。

在荷兰的花园里曾有某种病毒肆虐，致使郁金香花冠的花瓣经常具有神奇的形状，边缘破损，起伏不定。很快便有人学会了从这种病态中获取利润。

最后——也是对于我们有关郁金香的自然属性的思考特别重要的一点——任何其他的花卉都没有如此大量的变种。人们坚持一种看法，说这种植物具有与众不同的素质：或迟或早会本能地，也就是说没有人的参与，就会发生新的突变，产生新的姹紫嫣红、色彩绚丽的形态。有人说，大自然喜爱这种花，没完没了地跟它做游戏。用不那么时尚的词藻的朴素说法，意味着：一个郁金香鳞茎买主的处境就像是个玩彩票的人，偶然碰上运气，就能获得巨大的财富。

在十七世纪上半叶，荷兰人引以自豪的是三件事：最强大的、不可战胜的舰队，"比别处更大的自由甜点"以及——如果在一句话中能把重大的事物和不那么重大的事物连在一起说——拥有至少几百个郁金香变种。似乎是，字典赶不上大自然这种财富的发展。在这个时期，我们有五种"奇迹"、四种"绿宝石"、三十种之多的"完美样品"（这里出现了这个词的某种语义滥用）。富于幻想的人们杜撰出许多充满诗意的名字——"王家玛瑙"、"狄安娜"、"宫廷小丑"，而那些缺乏想象力的人将自己的稀有品种直截了当称之为"杂色的"、"少女"、"红黄的"。为了能对付不断增长的命名任务，有人还引进了军衔，哼，甚至套上了历史，于是，我们便有了"凡·恩克怀森海军上将"、"凡·爱克将军"，还有许多别的头衔，大凡机灵的栽培者都决定拍卖自己的郁金香变种，不惜将其称之为"将军们的将军"。自然也有郁金香变种被叫作"国王"、"王储"、"公爵"，这样做就像有人想把贵族—军事序列引进这全部近乎混乱的多样性之中。

在荷兰得以培育出如此大量的郁金香变种，引起人们的赞叹和惊愕，但其中也包含了灾难的萌芽。如果用数量不多的纸牌赌博，通常进行得简单平庸，很快便可解决输赢；然而一旦玩家掌握着，比方说，好几副牌，他面前便敞开了一片天地，得采用复杂的布局，聪明的战略，权衡风险和机智的出牌方法。跟郁金香打交道也有相似的情况，应做的只是确定，哪些品种将会具有"爱司"的优点，而哪些只应算作"小牌"。

当然这是非常简单化的图式，它第一次胆怯地接近本题。供娱乐消遣的成分无疑在起作用，但在本质上郁金香狂热是一种非常复杂的现象。最关键和重要的恐怕是问题的经济方面。换句话说，有人将股票市场的秩序引进大自然的秩序，郁金香便开始丧失自己的本性和花的魅力，变得苍白，摒弃了色彩和形态，成了一种抽象概念，一个名称，成了一种可变换成某种数量金钱的象征。那时便常会出现复杂的表格，在这些一览表上各个品种是按照多变的市场价格安排的，跟有价证券或货币汇率毫无二致。大投机的钟点敲响了。

在郁金香狂热的整个时期——也就是在十几年内——"永恒的奥古斯都"① 一成不变地保持在那些价格表的巅峰，犹如太阳一动不动地高悬天顶一样。我从未亲自认识过它。我曾徒劳地在各个花店寻找它。那些花店，就像我们一些别的商店一样，出售标准的玫瑰，标准的鸡蛋，标准的小汽车。我的过错。假如我像用心拜访博物馆那样，经常造访植物园，或许就能跟它相遇。不过我在一幅古老的多色水彩画上认识了这种郁金香。它由于自己奇巧精致而同时又是简单的色彩的和谐，确实很美。花瓣洁白一尘不染，顺着花瓣延伸着红宝石般的烈焰腾腾的叶脉，花萼底上是蔚蓝色，仿佛晴朗天空的反照。这的确是种美得非凡的郁金香，但是价格会引起一阵不安的寒战，"永恒的奥古斯都"的价格达到了五千弗罗林（与一栋带有大花园的房子等价）。健全头脑的堤坝断裂了。从此我们将沿着病态的幻想、狂热的利润欲望、发疯的错觉和苦涩的绝望的泥泞区域漫游。

也有过这样的情况，交易以实物形式进行，从而让人更易看到疯狂的规模。瞧吧，为一枚"王储"郁金香鳞茎（价值相当于"永恒的奥古斯都"一半），有人支付的实物如下：

两大车小麦

---

① 奥古斯都（公元前63—公元14），罗马帝国皇帝。奥古斯都拉丁文意为"神圣的"、"至尊的"。

四大车黑麦

四头肥犍牛

八头肥猪

十二只肥羊

两桶葡萄酒

四桶优质啤酒

一千磅奶酪

在这些饮料、食物和油脂之外还加上了睡床、衣服和银质的奖杯。

在郁金香狂热的开始阶段价格不断地上涨,正如经纪人所说,在"鲜花交易所"的倾向开头是"友好的",然后是"活跃的",直到"非常活跃",以致最后,以相当快的速度,过渡到了靠健全的头脑完全不能控制的欢欣状态。

报价的郁金香种球的实际价值和人们支付的价格之间敞开了一道越来越大的鸿沟。而人们心甘情愿、兴高采烈地付款,仿佛预感到近在眼前的命运的微笑。郁金香狂热涉及的人中,大多数玩儿牛市,也就是说,确信看涨的行情将永远持续(他们难道不曾想到革新主义者?),坚信今天购买的鳞茎,明天,最远不过后天,就会将自己的价值提高一倍。如果认真看待花卉投机,不带反讽(因为在历史上"传统"根本不授权反讽)的话,我们在这些离奇的投机中就可看出某种更为深刻的东西,例如人类关于神奇繁殖的古老神话。

在一个局部地区范围内,事情看起来是这样:卖主完全不考虑买主的支付能力,而更糟糕的是,买主似乎完全丧失了自我保全的本能,不顾及自己的可能性。伴随交易所里大规模活动而产生的拼死一搏情绪是众所周知的,但在郁金香狂热的情况下,这是某种比"情绪"更为严重、更加病态的东西。

在狂热的情况下产生的心理偏差,具有某种共同的特点。凡是受到这种病态影响的人,都有个倾向,他们都想创造一个虚幻、自治、受自己的法则支配的世界。在我们所说的情况下，这就像规模巨大的花卉彩票一样，所有的玩家都期待中头奖，然而游戏不是在一个为此目的而租用的孤岛上进行，而是在这样一个国家，那里的基本美德是：审慎、节制和支付能力。建立在市民精打细算基础上的制度不能和财务幻影并存。欲望的世界跟日常现实的冲突不可避免，通常在这样的情况下冲突是痛苦的。

现在值得考虑的是，郁金香鳞茎投机买卖是以怎样的方式，在什么地方，在怎样的社会范围里进行。最接近真实的回答是：它在正常的经济生活的边缘上进行，如果不说是在社会黑暗的角落里进行的话。我们曾几次提到交易所，但对这个词儿不应做字面的理解。从来没有也不可能有任何官办的郁金香交易所，因为这种机构要求确保公开性，允许一定数量有资格的人进入，交易的结果向感兴趣的公众公开宣布。

然而我们知道，野蛮的郁金香买卖引起当局严重的关注和不安。那时公布了一系列的指令，其意图如果不是清除，至少也是限制、制止这种可怕的社会现象。但是收效不大，详细地说，结果与想要的完全相反。自发势力靠温和的劝说无法驯服。

国家生活在高烧中。大凡还记得战争的人，都深知一条最虚幻的、未经检验的消息就能把人拖出绝望的深渊，带到乐观和骗人的希望的令人眩晕的巅峰。在我们所说的情况下也有相似之处，由于郁金香而骤然发大财的消息以迅雷不及掩耳之势传播。某位阿姆斯特丹的公民有个小花园，在四个月里就赚到了六万弗罗林，这是一个普通商人在自己勤劳生命的末日连做梦都不敢想象的财富。或者再如那个对花卉一窍不通的英国人，却能通过巧妙投机的途径攒到五千英镑。确实，需要具有坚忍不拔的性格方能抵挡住这些诱惑。

因为整个程序是非正式的，更有甚者，它具有被禁止的游戏特点，正因如此便变得越来越有吸引力，赢得了越来越多的新追随者。完全就像禁酒时期：甚至一些温和的酒类饮料业余爱好者也以过量饮酒示威性地显示自己的自由。

当然没有任何统计材料足以说明受到郁金香狂热触动的人数。但是可以根据大量的概率判断这个数目达到了好几万。同时，尤其重要的是，无法将他们计入任何特定的社会阶层。他们中有富人和穷人，商人和织布工，屠夫和大学生，画家和农民，挖泥炭的人和诗人，地方官员和旧货贩子，航海者和高尚的寡妇，受到普通尊重的人士和土匪窃贼。甚至所有二十几种信仰的信徒都一致参加这种争夺财富的竞赛。

很自然，穷人冒的风险更大，穷人得冒一切风险。我们读到过这样的信息，说是某个窃贼卷入了投机的漩涡，典当了自己的工具，我们就意识到形势的全部恐怖性。传教士在布道台上对落后的郁金香狂热大发雷霆，可他们自己正如恶意者所说的那样，悄悄溜到别的城市，以便在避过不期望的见证者的场合投身罪恶的酷好。

但是牧师的问题并不重要。他们在最后审判的时候总能找到某种解释。更糟糕，或者说简直可耻的是吸引儿童参加投机活动。因为在投机游戏中成功的秘诀也包括尽可能收集最大数量的情报（价格，交易场所，行情的波动，或者，简而言之，邻居怀里带去了怎样的郁金香鳞茎，在"吼叫的驴子"小酒馆卖了多少钱）——这一切都必须由一个小家伙去打听，这个小家伙所起的就是不光彩的特务作用。

高烧，谵妄和失眠。失眠，因为许多郁金香交易都是在夜晚才实现的。积极参与投机经常每天吞没十几个钟头，无法跟其他更有成效的工作协调一致。那些自己栽培郁金香的人，活着就像躺在一袋黄金上的吝啬鬼。那时他们在花园里安装了巧妙的报警铃系统，如果有位不速之客接近珍贵的花畦，它就会让主人霍地跳将起来。

郁金香狂热传播的巨大地域范围，证明了它那瘟疫病特征。因为它涉及的不仅是传统的园艺圈子，例如哈勒姆一带，也同样涉及阿姆斯特丹、阿尔克马尔①、霍恩②、恩克霍伊曾③、乌得勒支④、鹿特丹——也就是荷兰所有较大的人口聚集地。那儿牺牲者数字最高。郁金香狂热杆菌无处不在，威胁所有的人。看得见的敌人多少较易收拾：关上城门，英勇的保卫者登上城墙……

但是，毕竟存在某种我们称之为理性力量的东西，正是这股力量成了（不总是）对抗不受拘束的非理性魔力的有效武器。我们清楚，荷兰是个拥有读书人、聪明的作者、有教养的书商和开明的出版者的国家。许多现实问题很快便能在印刷品中找到自己的反响，这不仅涉及重大的政治或宗教争论，同样也涉及郁金香狂热问题，这个问题的规模引起了可以理解的不安，遇到了清醒的公民坚决的抵制和抗议。可又能怎样？国家是自由的，公众舆论是分化的，因此除了明智的声音以外，还出现了一些讲求实际的、注入了郁金香投机原则的小杂志，那简直就是疯狂导论，教人怎样成为疯子的自修课本。

在所有这些小杂志里，有方法，甚至有仪式。其中的一名作者推荐，如果某人成功地培育出了无名的郁金香变种，应该按这种方式行动：刻不容缓（时间紧迫，因为别的什么人可能成功培育出类似的品种）去拜访园艺专家，不是独自去，而是在熟人、朋友，甚至偶然遇到的人士陪同下前去造访。目的是显而易见的：赋予事态尽可能最大的公众关注的名声。在那名花匠家里举行讨论会，会上每个在场的人都要宣布新的植物学上的意外发现。这跟讨论真假奇迹问题的教会高级评委会毫无二致。

接下来是最本质的部分，我们或许可以称它是相互比较的部分，

---

① 又译阿克玛，是荷兰北荷兰省的一座城市，盛产奶酪，该地的奶酪集市是荷兰最著名的旅游景点之一。
② 荷兰的一个自治市，在北荷兰省，以生产石墨刀具而闻名。
③ 又译恩克赫伊姆，在北荷兰省。
④ 位于荷兰中部，是乌得勒支省的省会，荷兰第四大城市。每年荷兰的爵士音乐节和电影节都在这里举行。

即将新变种和已知的变种做比较。如果新变种显示出跟某个著名的"海军上将"有相似之处，但不及它那么漂亮，就应谦卑点将新变种称为"将军"。这种命名仪式是极其重要的。郁金香有了身份，或者说得不那么过分庄重，而是采用交易所的术语，也就是：有了被允许进入周转的价值。最后需要对所有在场的人馈以优质葡萄酒，因为正是他们在传播有关新变种诞生的信息，而且将要宣布新变种的魅力。

郁金香鳞茎的交易在啤酒、璎珞柏果酒和羊肉的热气中进行，也就是说，在小饭店、小旅馆和港口小酒店里进行，它们中有些拥有用于这个目的的专用房间。这就像是某个庞大的、严格保密的交易所的俱乐部或分支机构。争夺每个珍贵的郁金香变种的斗争是激烈的。如果有几位买主都谋求得到它，那个渴望拍卖成功的人，就会在已是过高的价目上再增添——一辆马车外带两匹马。

全国各地布满了或多或少知名的、秘密的或几乎是公开的郁金香赌博的"洞穴"网。其中没有任何魔鬼的力量，有的只是每个"豪赌"，每个大恶习的简单规则——它吸引、缠住最大数目的人。因为对疯狂不能进行合乎逻辑的论证，需要借助统计学来进行有力的辨析——所有人都这么做，或者说几乎所有的人，政治家也不例外。淘汰，大大减少那些站在旁边批判地观察、破坏游戏的人的数目。郁金香狂热者的世界，力求成为极权的世界。

实践中又是怎样进行的呢？有文献资料在案，诚然是文学的，但可信，它提供了有关争夺新追随者的方法的宝贵信息。这是两个朋友之间的对话。一个是彼得——老练的投机家，另一个是约翰——在谈话中扮演"天真少女"的角色。

彼得：我非常喜欢你。因此我打算向你提议某项有利的交易。我做这件事是无私的，出于纯洁的友谊。

约翰：我洗耳恭听，亲爱的。

彼得：瞧，我有枚"宫廷小丑"郁金香鳞茎。这是个非常漂亮的变种，加之在市场上很有声望，非常畅销。

约翰：可是我生平从来没有侍弄过花卉。我甚至没有花园。

彼得：你什么也不明白。请你好好听我说，别打岔，因为，谁知道呢？或许就在今天，鸿运就会来敲你的门。我能往下说吗？

约翰：是的，是的，当然啦。

彼得：瞧，就是这枚"宫廷小丑"鳞茎，它值一百，甚至更多弗罗林。就像我已提到过的那样，我们的友谊是纯洁的，以我们纯洁无瑕的友谊的名义，我把它送给你，只收五十弗罗林。就在今天，毫不费力气，你可能赚到一笔大钱。

约翰：这果真是个绝妙的建议！我活到今天从未有过这样的美事。只是请告诉我，我要把这个"宫廷小丑"怎么办？毕竟我不能站在街角上叫卖。

彼得：我向你袒露整个秘密。你要牢牢记在脑海里。你干吗这么坐不安稳？

约翰：我听着呢，只是我的脑袋有点儿发晕。

彼得：你要一点儿不差地按我说的做：你到"狮子下方"旅店去。你去询问店主郁金香商人都聚集在哪里。你走进指定的房间。那时就会有个人用非常粗的嗓门儿说（你可别给弄懵了）："这儿来了一个陌生人。"作为对此的回答你要像母鸡那样咯咯地叫着。从这一刻起你就被算入商人的行列了。

愿上帝关照约翰的加尔文宗的灵魂！我们在离悲剧只差一步之遥的闹剧的门前跟他分手。他以后的命运就被黑暗包裹了。甚至不知道他在决定性时刻是否能做到令人信服地咯咯叫。在援引的小故事基础上，他成为郁金香交易所巨头的希望是微茫的。看起来，他注定是要扮演牺牲者的角色。

还有一个细节值得注意。进入郁金香狂热者行列，令人想起某些，其实是大家熟悉的模式。有分寸地说，令人想起某种入会仪式。显然，共济会香堂的仪式更讲究排场，更注重对密传知识的了解。

狂热是一种昂扬的灵魂状态。没有经历过哪怕是一次狂热的人，通常是以某种方式显得精神比较贫困。此外，在一定的条件下会带来益处。一个不为人知的人，一个既不是诗人，也不是画家，也不是国务活动家的普通人，常带着由衷的好感回忆郁金香狂热时期。此人名叫瓦埃蒙特，他总是在同一个小酒店履行职务，充当经纪人。在第一次和第二次交易之间，"我常吃煎肉和鱼，也吃过母鸡和兔子，甚至美味的酥皮大馅儿饼。而且从大清早到夜里三四点钟，我一直在喝葡萄酒和啤酒。通常这时我口袋里的钱比早上要多得多"。真正的懒人国——酒足饭饱的懒人的国度。

三

传染性疾病既持久又永恒，还随着周围环境变化而变化。①

——查尔斯·尼科尔②

郁金香狂热高峰时期出现在一六三四至一六三七年间。一六三七年冬发生了大崩盘；整个虚幻的世界分裂成了瓦砾场。假如有人能成功地复原"郁金香高烧曲线"或者就可显示出，它与得了严重传染病的病人的温度曲线图惊人地相像——线条快速上升，在一段时间里保持极高的水平，最后急剧下降。

可是却产生了一个疑问——是什么天意，抑或事态的必然逻辑使然，让这件事恰好发生在那个一六三七年的冬天？答案是多种多样的，而且都意味着结束。

---

① 原文为法语。
② 查尔斯·尼科尔（1866—1936），法国细菌学家，1928 年获诺贝尔医学奖。

某些人认为，对郁金香瘟疫的胜利是荷兰社会健康力量的功劳。是他们创造了卫生防疫带，阻断了疾病的传播。并不缺少积极反对郁金香狂热的人。反对派的力量想必是相当强大的，既然直到今天仍保留着那个时代的许多小册子、杂志、传单式抨击文章、讽刺诗文和版画，这些都无情嘲讽不幸的狂热者。在口语里将他们称之为"戴风帽的人"，也就是疯子。那时精神病病人都戴着遮住脸的风帽——对民族的健康部分进行"视觉"防护的特殊手段。

亨德里克·波特①，一位群体肖像画、宗教画和习俗场景画画家，他在一幅题为《狂人车》的作品中，在透明的讽喻掩饰下，展示出了落到他的国家的狂热。在这辆大车上我们可认出佛洛拉②手持郁金香的三个贵重变种——"永恒的奥古斯都"、"博尔将军"和"霍恩海军上将"。大自然守护神对面是五个象征的形象——一个无赖，一个渴望财富的人，一名酒鬼以及两个妇人：徒劳的希望和贫苦。大车后边奔跑着一大群人，他们呼喊着"我们也想发财"。

多得不可胜数的故事、逸闻、笑话证明，有人怀着对郁金香的绝对恐惧症，用对这种无辜植物的狂暴敌视回应对郁金香的狂热。诚然，这种植物既不应博得人们忘乎所以的崇拜，也不应受到无边的指责和蔑视。但是我们所说的是一个巨澜翻滚的激情时代。于是也有人说，不是别人，而是莱顿大学的一位教师——他不是神学家，而是植物学教授的福尔修斯，他无论在何处见到郁金香，都会对它进行猛烈攻击，借助手杖摧毁它，以这种极不讲究的方式由一位学者变成了一个残酷的宗教裁判官和道德学家。

福尔修斯的手杖并不拥有神奇的权力，甚至最尖酸刻薄的抨击、诽谤也未能制服疯狂。因此，有人断言，是政府当局，是它的一些聪

---

① 亨德里克·波特（1585—1675），荷兰肖像画家。也画宗教画、习俗画和寓意画。

② 佛洛拉是罗马神话中意大利的司花女神，象征青春和青春之乐。

明决定和法令给了郁金香狂热以致命的打击。人们清楚地意识到，形势是严峻的，对其不能消极旁观，因为不受任何约束的投机威胁到国民经济的基础。

一系列的机构，从花卉栽培家行会直到国会都决心抵抗这种疯狂。于是指示、命令和决议纷纷出台，起初摇摆不定和不起作用，直到一六三七年四月国会出台严酷的法令，用以废除投机协议，同时确立郁金香鳞茎的最高价格。这个价格为五十弗罗林。"永恒的奥古斯都"如今所值相当于不久前交易所价格的百分之一。这件事发生得迅速，出乎意料，有如宫廷革命，有如废黜皇帝。

当局旨在战胜郁金香狂热的努力，对公民命运和财产的关怀自然值得称赞，而且应得到充分评价。然而似乎，大多数研究者都犯了错误，说是他们起了决定性的作用。我们根据经验知道，一切禁令以及比方说，在麻醉剂瘾达到高峰的情况下，颁布禁律，其结果与期望的完全相反。打自天堂神话时代起，禁果历来是最值得追求的。

国会的决策采取得晚了，非常晚，那时狂热已逐渐熄灭。因此，这是在一个病入膏肓者的床边组织会诊，或者借用《斗牛戏字典》里的说法，是致命的一击①。的确已是什么也挽救不了了。

我们确信，扑灭郁金香狂热的是它自己的疯狂。对郁金香交易所变化无常情绪的分析，提供了支持这一论点的理由。在欣快时期投机者的利润是巨大的，只不过并非总是表现为流通的货币、现金，而是表现为信贷。"永恒的奥古斯都"变种的持有者被普遍认为是富翁，因此他能大量举债，而且他也是经常这么做的。疯狂的交易所周转变得越来越抽象。人们出售的已不是鳞茎（它们的价值完全是约定的，离现实和健全的头脑越来越远），而是鳞茎的名称，与股票毫无二致，他们经常变换持有者，有时一天要换十次。

价格不断增长，人们指望将无止无休地增长下去，因为狂热的逻

---

① 原文为法语。

辑就是这样的。大部分有远见的人将自己的"宝贝"库存起来,以便在行情最有利的瞬间将其投入市场。也正是那些有远见的人——通常就像那些卷入赌博网的小额存户,承受最痛苦的失败。在一六三六年对郁金香狂热灿烂未来的信仰已经受挫。信任和奔放的幻觉大厦已倾倒。郁金香的供给越来越大,需求却令人恐惧地缩小。最后所有人都想出售,但是已经没有大胆的冒险分子了。亨德里克·波特准确地展示的正是这个阶段。跟在佛洛拉的车后奔跑的人群绝望的呼号在这种背景下变得极其尖锐。

所以说危机的出现大大超前于政府当局的干预。一六三七年一月三日,也就是在国会通过法令近四个月以前,某个阿姆斯特丹的园艺家花一千二百五十弗罗林偶然购买了一枚珍贵的郁金香鳞茎,起初觉得鸿运高照,不久便明白了,它卖不到一半的价钱,甚至收不回成本的十分之一。因为如今出现了行情急剧下行的情况,游戏已不在于赚钱,而在于尽可能少亏本。这一不幸的投机黑幕的整个故事在两极之间展开:追求大财富的人群长期绝望的进攻和突然的野性恐慌。

于是我们要跟郁金香狂热分手,这将是充满眼泪、咒骂和呻吟的别离。对遭难者小小的慰藉是承认事实,不可能有另一种出路。

能做出怎样的总结?因为一切都是在暗中,在社会的缝隙,在官方生活的黑暗走廊,在地下室里进行的,难以按可测值来评价这一灾难的规模。但结果无疑是悲剧性的。成千上万崩溃的产业,数万人的失业,外加受到诉讼的威胁。无支付能力通常会受到严惩,被关进监狱。轻率举债的人以军团计。终于,出现了任何统计都难以包括的长清单——被剥夺了生存手段的无辜家庭,注定遭受穷困或靠公众慈善机关收养的儿童,男人毁掉的前程,他们丧失的声望和自尊。破产者没有剩下多少出路:或者是当兵加入舰队(这要求有一定的受教育程度)或者是加入乞讨行列(这已不要求任何特殊才能)。

无须使我们信服,说这"仅仅"是市民阶层的悲剧。但是花卉投机者的激情却与歌剧中主角的男高音在激情的程度和规模上没有差别。交易所经纪人的咏叹调响亮而陈腐——这是显而易见的事。如果我们继续揪住这些与剧院的类比不放——交易所的演出不用剑，不流血，甚至不使用毒药。那么为何，真见鬼，它们能打动人的想象力？

在郁金香狂热的所有时期——不仅是在致命的尾声时期，同样也在它胜利欣快的那些日子里——都发生过大大小小的人的悲剧。从记忆保存的许多悲剧中我们挑选了一个。它的题材就像活生生从契诃夫的短篇小说中拿来的。

在哈勒姆的花卉栽培家协会得到一个耸人听闻的消息，它使所有人都陷入狂热的兴奋状态。说是海牙的某个贫穷的、谁也不认识的鞋匠，培育了一个称为"黑"郁金香的不同凡响的变种。有人决定立刻行动起来，这意味着，就地研究事情的始末，只要有可能，就夺取这个新变种。五个身穿黑衣的绅士进入鞋匠昏暗的小屋，开始了商业谈判，非常古怪的谈判，因为哈勒姆的绅士们扮演的是慈善家的角色，似乎是出于纯粹的慈善动机他们来到这里，以便帮助贫穷的手艺匠人，而与此同时他们也毫不掩饰，他们多么期望拥有"黑色郁金香"。精于鞋楦和麻线绳的师傅弄清了形势，力图争取最高的价格。经过一番讨价还价，交易终于有了结果——一千五百弗罗林，这的确是个非同小可的数目。贫穷的鞋匠经历了幸福的片刻时光。

现在发生了某种出乎意料的、在戏剧中称为转折点的事。商人们将以如此巨大的代价购得的鳞茎抛到地面，发疯地用脚踩成稀烂的一团。"白痴！"他们冲呆若木鸡的鞋匠吼叫道，"我们也有'黑郁金香'种球。除了我们世上任何人都没有！任何国王，任何皇帝，任何苏丹都没有。假如你要价一万弗罗林外加几匹马出售自己的鳞茎，我们或许会一声不吭地付款。你要记住：你一生再也不会有幸福冲你微笑，因为你是个糊涂虫。"说罢他们扬长而去。鞋匠拖着摇摇晃晃的步子爬上自己的阁楼，躺到了床上，盖着一件夹大衣，咽气了。

郁金香狂热——我们所知的最大的植物疯狂——是写在世界史页边的一个插曲。我们专挑它来讲不是没有理由的。应该老实地承认：

我们有个古怪的倾向，爱展示理性殿堂里的疯狂，我们喜欢关注温和景观背景下的灾难。但还有一个比浮躁的个人爱好或美学倾向更为重要的理由。因为书中描述的黑幕、丑闻难道不会令人想起其他一些更为可怕的人类的疯狂？这类疯狂可以归结为对一种思想，一种象征，一种幸福公式的非理性依恋。

因此不能在一六三七年这个日子后面画上个大大的句号，并且认为这件事已彻底结束；将它从记忆中抹去，或者算作过往时代不可思议的古怪风尚，是极不明智之举。如果说郁金香狂热是一种心理流行病——姑且让我们这么看——那么定会存在近乎肯定的概率，可能在某一天，它会以这种或另一种形态重新造访我们。

在远东的某个港口，它正在登船。

杰拉德·泰尔博赫
市民阶层微妙的魅力

"我给你寄去一个作绘画研究的人体模型，但是没有基座，因为太重，装箱又过大，花不了多少钱你可自己弄个基座配上去。你要使用这个人体模型，别让它像在这里常有的情况那样，无所作为地立着。但你要努力画，特别是画大幅的生气勃勃的群体形象，彼得·德·莫利津①为此才这么喜欢你。如果你要绘画，你要画当代的东西，画生活场景，这样做获效最快，你要持之以恒，孜孜不倦，将开了头的画画完，为此，愿上帝襄助，你将成为可爱的画家，就像你在哈勒姆②和阿姆斯特丹曾经深受喜爱一样。你以天主的名义开始的任何东西，总会让你交上好运。你首先要为上帝效力，你要谦逊，对每个人都要客气有礼貌，以这种方式确保自己获得成功。我还给你寄去衣服、长画笔、纸张、白粉和所有美丽的颜料……"

在信中，崇高的事务与日常琐事、道德教诲与绘画用具如此自然地交织在一起。此信是老泰尔博赫——父亲于一六三五年，从一座不大的城市兹沃勒③写给当时正在伦敦的十七岁的儿子杰拉德的。在涉及荷兰画家传记的贫乏、灰暗资料中，这是一份特殊的文献——它保存了阳光灿烂的日子的温暖与光辉。

---

① 彼得·德·莫利津（1595—1661），生于英国伦敦，荷兰绘画黄金时期的画家和雕刻家。
② 位于荷兰西部北荷兰省的一座城市，也是该省的首府。
③ 位于荷兰东部上艾瑟尔省的一座城市，也是该省的首府。

倘若在一句话里使用两个旧派短语合适的话，我们会说，他在幸运之星照耀下降生，外加是个神童。他生活富裕，不曾遭遇过冲击、悲剧和挫折。他的天才发展得很早——保存下来的八岁男孩的素描不仅显示了惊人的成熟，而且展现了自己的艺术形式，自己的风格。他从自己父亲，一位能干的版画家那里接受职业教育，后来又师从于信中提到的彼得·德·莫利津。年方十七，当他成为出师的画家，便进入了画家公会成员的行列。

按照常情，一位年轻、前途无量的画家，现在理应定居下来，开画室，招学徒，建立家庭。小泰尔博赫——儿子却去旅行。他的漫游年代给人印象深刻，他游历的地域宽广，到过英格兰、意大利、西班牙（似乎在那里画过腓力四世的肖像）、法兰西、佛兰德利亚①和德国。年近四十，经过成熟的思考之后，他结了婚，定居在一座不大的北方城市德文特，他远离艺术中心，生活在宽容大度的泰尔博赫家族中间，家人对他赋予了敬重和爱，因为他不仅是位著名的画家，而且，更重要的是，他还担任市政委员的职位。

他的艺术前程的巅峰事件，是和跟西班牙进行媾和谈判的荷兰代表团一起出使蒙斯特②，这次谈判以一六四八年签订条约告终，从而结束了长达八十年之久的冲突。对此事件的意义怎么评价都不为过。泰尔博赫以一幅油画使条约盟誓的隆重时刻永志于史。

这是一件非常独特的作品。画在规模为四十五厘米乘五十八厘米的薄铁板上——在这小小的平面上画家挤进五十个，或者甚至，如同其他史料所说，七十个人物形象，包括秘书、高官、全权代表和外交家，当然也没有忘记画家自己。从整体上看，给人的印象是相当单调、呆滞，摆出不同姿势的人群，而画家，意识到这一点，竭力使画

---

① 佛兰德利亚，历史地名，界于比利时和法国之间。属于比利时的部分后分为东佛兰德和西佛兰德，属于法国的部分后并入法国。

② 德国城镇，位于该国北部。

面有点生气,便画出一些人物的侧面像,另一些人物的正面像,还有十几双畏葸地举起作宣誓状的手。在色彩搭配上作品也不怎么吸引人——在画的右边,有个身披鲜红色斗篷的男子,左边,有个年轻人,酷似昆虫,身披金光闪闪的华丽服装外壳。中间是张桌子,铺了块墨绿色的桌布,桌子上是朱砂色的《圣经》封面。窗口射进懒洋洋的光线,没有光芒。这幅画总给我一种世界昆虫大会的隆重开幕仪式的印象。我想,我或许能够确定某些昆虫品种。

我很清楚,我的笔下满是亵渎的言词,因为根据普遍的看法,《蒙斯特和平盟誓》是画中杰作。在众外交家(不比指甲盖儿大)的脸上甚至看得到各种矛盾情感的斗争——担心和希望,欢乐和沮丧。简而言之,我想这不是泰尔博赫最好的画,但却是显示荷兰绘画特性非常突出的例子。

鲁本斯、委拉斯开兹①或意大利人的每个学徒或许都会使这场面剧烈地波动起来,使之充满动作、喧嚣、色彩、激情、夸张(因为一切都应扩大和具有光辉),而拱顶下的空处也许会用古希腊的众神或吹号的大天使填满。泰尔博赫画自己的历史作品却没有激昂慷慨,它自自然然,仿佛是习俗场景,这种场景让人更容易想象是挂在带壁炉的市民房间的墙上,而不是市政大厦典礼大厅的墙上。这是油画——记录,它让我们知道,当时的真实情况。只在一个领域画家表现出是个具有不可遏制的想象力的幻想家,也就是说他对自己的作品开出令人震惊的天价,以致直到生命的尽头都没有找到买主。

似乎在一段时间里,泰尔博赫醉心于妄想,以为他擅长创作有利可图的群体肖像。在《蒙斯特和平盟誓》之后,产生了《景观背景下的家庭》,这幅油画唤起温馨幽默的突然来潮和令人想到三个世纪后出现的油画《卢梭——税吏的炮手》。一群大胡子士兵摆出的姿势

---

① 委拉斯开兹(1599—1660),西班牙宫廷画家,巴洛克风格最著名的画家之一,擅长肖像画、神话题材、历史题材、宗教题材和习俗场景的绘画。

像在照纪念相,他们彼此相像得如同两滴水,如同制服上的两颗纽扣,他们身后是长得吓人的炮筒,仿佛不是用金属而是由酣梦铸就。在泰尔博赫笔下出现一群老人、成年人、青年人、儿童,这个黑色、陌生、僵硬、由于山谷绿油油的草地而显得庄严的人群——犹如一个蘑菇群落。

每当我观看泰尔博赫的油画,我总有个印象,觉得这是两个和谐合作的兄弟——一个画家和一个微型精细画画家的共同作品。从黑暗中露出的形象线条一成不变地精确;运笔时间短促,手的动作谨慎、缓慢、细腻,没有多余的废笔,没有被抹去的轮廓;尝试以黑色—珍珠色—灰色的色调来描绘世界。

泰尔博赫在蒙斯特逗留了漫长的三年,在这段时间里他完成了一系列肖像草稿,为自己的——如他所认为的——杰作①做准备。这些素描和草稿中剩下的东西不多,尤其令人惊诧的是两幅精彩的微型画,仿佛几小节前奏曲便使整部辛勤作曲的歌剧退居次要地位。

第一幅是西班牙贵族的肖像,此人有个响亮的姓名唐·卡斯帕尔·德·布拉卡蒙特·伊·古兹曼·孔德·德·佩尼兰达,他曾率领西班牙代表团进行媾和谈判。泰尔博赫如此眷恋西班牙外交家,以至在《蒙斯特和平盟誓》的油画中把他安置在自己祖国的"夙敌"一边,以致他的那些同行曾指责他不讲策略。孔德·德·佩尼兰达的肖像画是匠心独运的;他的脸上各种变幻不定的情绪——郁闷和开朗,垂头丧气和斗志昂扬,犹如浪潮奔涌。优雅、高朗的前额,乌黑、明亮、机敏的眼睛,长长的瘦削的鼻子有如伤心鹦鹉的尖喙。小小的修剪得很短的下须,靠理发匠艺术造型的上翘的八字胡,有如两个尖尖的钩子。脖子上是通常称之为百褶领的薄如剑锋的上等细麻布尖领。他穿的是隆重的宫廷盛装——金线绣花礼服。泰尔博赫很少作色调上如此色彩纷呈的尝试——深紫色,金色,与灰色和黑色搭配的鲜红。

---

① 原文为拉丁语。

荷兰代表团最年轻的成员卡斯帕尔·凡·金诃特的微型肖像画具有完全不同的特点。他穿的是浅蓝和白色条纹的轻上衣。浓密的垂到肩上的头发围住了他那张少女般的面庞，一双大眼睛充满了温和的冷漠。可怜的卡斯帕尔在条约签字后不久便撒手人寰，使他祖国的律师界陷入悲痛之中，同时也让缪斯扼腕叹息，因为他曾是位非常优雅的拉丁文诗歌作者。

泰尔博赫是以习俗画和肖像画画家身份进入艺术史的。他卓有成效地耕耘这后一种绘画品种——多半是由于他在蒙斯特建立的许多联系——他多次离开幽静的德文特去阿姆斯特丹、海牙和哈勒姆和其他城市证明了这一点。已处生命的晚期，他接到科西莫三世·美第奇公爵光荣的订货，画一幅手持自己喜爱的油画的真人大小的自画像。科西莫有意创立一个类似的作品——"画中画"的完整画廊。其他两位受到邀请、在法兰西和意大利颇有名气的画家，杰拉德·杜和凡·米利斯都迅速完成了定货。可是泰尔博赫却一再延宕，百般挑剔，拖拖拉拉，还写信说，五百弗罗林的报酬是绝对太低了；完成"带画的肖像画"至少需要四个月的时间，同时还得拖延一些刻不容缓的订货，还说了些现在工作太多等等之类的话。任何一个他的同代画家，同样也包括为数不多的后辈画家能像他一样拥有建立在两个不可动摇的原则之上的商人才华：永远不要迁就低于创作者提出的报酬；为了博得别人的好评，必须进行高度的自我评价。

泰尔博赫是无与伦比的儿童画家（他家里就有成群的模特儿）；多数画家都把儿童画成了胖墩墩的小天使，或者是按成人服装式样穿着打扮的玩偶，画成了被剥夺了自己生命和个性的生灵，画成了痴呆地望着我们的蛹和幼虫，画成了人类没有完全成形的侏儒形态。

这是一幅收藏在卢浮宫的油画《功课》：从昏暗的背景里露出男孩子低垂的脑袋，头上浓密的红发，宛如皮帽似的落到他的前额。我们既看不到书本，也看不到任何文具。但是我们知道，这个沉默的、精神集中的小家伙正在思考算术的秘密。母亲，从侧像看到，对儿子的努力用功无动于衷，眼望着自己前方的远处，似乎想要猜出儿子未来的命运。这整个多余的趣事是我杜撰出来的，为的是论证那两颗彼此没有任何共同点的——无论是绘画上，还是结构布局上——在沉重的、深棕色背景上的脑袋。

收藏在慕尼黑老绘画陈列馆里的《给狗捉虱子的男孩》：房间的一个角落，墙边有张小桌子，桌上有书本、文具，与画的下框平行的地方有张长凳（泰尔博赫往往只承认封闭的有限的空间），长凳上有顶不能再戴的旧宽檐呢帽。在这简陋的布景中——一个男孩坐在一张矮凳上，有条狗躺在他的膝盖上，他那纤巧的手指沿着动物的皮毛移动。小男孩聚精会神地投入这项活动，带着只有儿童才有的特殊的排他性和彻底的奉献精神。那些"读画"的人对这幅画究竟是赞扬爱清洁，还是斥责忽视学业而沉湎于次要的事情，无法取得一致的意见。这是智力高度发达、年纪较大、烦闷无聊的绅士们的游戏的一个实例。在这幅画上令我叹服的总是柔和与高贵的色彩搭配——墙壁的隐隐约约、不太鲜明的橄榄绿，物品的赭色，只有两个比较鲜活的要素——男孩蓝色的裤子和浅棕色的狗毛。

每到阿姆斯特丹，我都要去拜访一个小姑娘，跟她闲聊片刻。这是一幅题为《海伦娜·凡·德·斯哈尔茨凯》的油画，画的是个活泼的三岁小姑娘。她有双深蓝色的眼睛，非常鲜艳的小小红嘴唇。她身着白色连衫裙，头戴白色的妇女包发帽，宽大的白色喇叭裙下摆拖到了地面。右手弯曲的胳膊肘上用黑丝带吊着一只围了一圈圈红色的箩筐，正是这只向后倾斜的箩筐，突破了静止、垂直的构图轴线，于是便有：旋转、运动和不安。因为实际上，海伦娜只是瞬间出现在这里——带着好奇和不安的心情望着我们——但很快便会逃往自己不可思议的儿童世界。

画家的心理钻研几乎就近似于预断未来，因为当他给奥兰治公爵威廉三世的十二岁儿子——亨利克·卡齐米日·凡·纳萨乌—狄耶兹画像的时候，把他画成了一个没有丝毫魅力的长脸青年，一双专注的小眼睛，紧闭的嘴巴。实际上，少公爵已经长成了一个——说得委婉点儿——性格怪僻的人。

泰尔博赫创造了自己的肖像画典型，与哈尔斯、伦勃朗和其他一代大师有本质的区别，特点是无法打着他的幌子伪造他的作品。他竭力追求的几乎是极端限制绘画手段，用一系列递次变化的灰色取代色彩游戏，创立了一种紧凑的静态形式。他最常画的是站在幽暗墙壁背景下、披着厚厚的毛料大衣—斗篷的整个人物形象，斗篷宽松地从肩上垂下，穿常礼服，齐膝盖的裤子，珍珠灰的长袜，系扣子的考究矮勒儿皮鞋，右脚向前伸，左脚放在与下画框平行的地方，这赋予了身躯甚至有点过分肥胖的形象以几乎是一种舞蹈姿态魅力。这些构图的整体可以比喻为纺锤或是两个底座连在一起的圆锥体。

按照某些人的说法，可以认为，泰尔博赫是一位由于不知是什么原因而使用油画颜料的素描画家。收藏在卢浮宫的《男人肖像画》的背景，从远处看，具有沉闷的象牙黑[①]色调，就近看我们注意到一缕缕不匀称的深刻、鲜明的青铜条纹。背景变得丰富多彩，有声有色。

除了少数例外，泰尔博赫所画的人物肖像都是正面对着观众，站立在没有门、窗和家什的空荡荡的空间，有时只出现普通的椅子和桌子，而光线只够露出脸、双手和服装上的白色点缀物。

谁会订购这些单调乏味的油画呢？我们知道，荷兰人喜爱所有物品，认为那是为自己的勤劳和抠搜而获得的尘世奖赏。海船船主的肖像是在窗户的背景上画出的，透过窗户看得见他所有的轮船。加布里埃尔·梅特苏画了一个高傲的大胖子，手脚伸开懒洋洋地坐在高背深座的安乐椅上，身边围着他的妻子、他的孩子、他的仆人和他的油画；有雕花石框的门敞开着，通向远处的豪华房间，泰尔博赫的客户，那些摄政者和显贵都鄙视这种炫耀。在他的油画中，他们找到了

[①] 原文为法语。

不带职位标志,不带财富证据的自己。大师不用浓墨重彩为他们绘制个人肖像,却让他们稳定地立在大地上,同时在这些肖像画中使私密性与宏伟性、无拘无束与庄重、节日气氛与日常气氛结合在一起。那些加尔文宗美德和资本原始积累的非常保守的代表就这样坚持到了我们的时代。

　　泰尔博赫的习俗画没有超出荷兰绘画题材老生常谈的圈子——军事场景、给孩子梳头的母亲、在雅致的内室举行音乐会的几个人、弹奏乐器的单身汉和贵妇——但是他们身上几乎总有某种超脱、讥讽、巧妙隐藏在模棱两可、语义双关的因素。在非常著名的卡塞尔①国家博物馆里有幅泰尔博赫的油画,表现的是位弹奏诗琴的单身女子,她多半是杰拉德心爱的妹妹和模特儿杰希娜,一个待字闺中、才华横溢的女性,她那凸出的前额和翘鼻子我们在大师的许多油画里都可遇见。一个男人和一位贵妇的二重奏通常意味着爱情游戏的前奏曲,而那幅身着白色连衫裙和用白色毛皮作衬里、闪着金光的缎子短上衣、用四条朱砂色短丝带优雅地扎住浅黄色秀发的单身女子肖像画又意味着什么?画家抓住了犹豫、不安的瞬间——她的身子向前倾斜,目光钉在总谱上,仿佛是在寻找丢失的音符或是混在别的曲谱里的和弦。我们不知这位小姐在为谁演奏——是为那位离去的人演奏哀歌,或者仅仅是夜莺的引诱?

　　泰尔博赫是个独特的配色师。他竭力回避那种我们称之为用色彩构建形式的做法。在他那些矜持的油画中,占优势的是淡淡的青铜色、赭色和灰色,在这种背景下,突然迸发出具有佛青、亮黄、朱砂红颜色的连衫裙。

　　十七世纪是书信的世纪。邮局的运转开始几乎像在罗马时代一样良好;许多荷兰人在海上航行或者生活在各个殖民地,中等阶层的文学素养是高的——那时存在进行活跃的通信交流的有利条件。有各种

---

① 德国黑森州北部唯一的一个大城市,在历史上属于德意志联邦共和国内。

参考书专供那些不善于表达自己感情的人使用。阿姆斯特丹出版的由吉恩·普格特·德·拉·萨拉①所写的课本《时尚秘书》②，在世纪中叶已再版了十九次。值得注意的是这课本中明确的角色分配。男士恣意表达暴风雨般的感情和深沉的忧郁，女士则百般抚慰令他们神魂颠倒。

他："自从夫人走后，我的生活一直是难以名状的郁郁寡欢。我坦白，我失去了胃口和平静，过的是白天食不甘味，夜晚辗转无眠的日子。"她："假如您看到的是我本人而不是这封信，也许略能减轻由于我的不在而给您造成的痛苦，但我是处在父母双亲的照管下，我甚至没有足够的自由给您写信。"接下来是一些安慰话和遮遮掩掩的重逢希望。

在荷兰绘画中书信题材是非常流行的。从形式上看，简而言之就是肖像画，画的总是女性，少女或妇人——或是在写字，或是在读写于一张小纸片上的字。对于我们这里没有任何特殊的东西——只不过是部独角戏，由一个女演员演出，带一件道具。对于十七世纪的荷兰人，这种性质的绘画特别激动人心，因为那一张小纸片毕竟不是什么让人感情上无动于衷的东西，像只带把的杯子或者像团毛线。通常画中展示的女子在写或者在读——情书。因此我们看的是私密的事，在与不在场者的对话中我们是不速之客，但我们永远不会了解那些指责、抱怨和表白。在孤独中写下的话语，在寂静中读到，像有枚印章封上了画的庄重沉默。

泰尔博赫以床上扎成帐篷形状的、深红色的帐子为背景画了《写信的年轻贵妇》（海牙）。几只墨水瓶、一叠纸都乱扔在桌子上，仿佛是仓促挪开的花地毯有红褐色、珍珠灰和蓝色的图案。画的是一幅姑娘的侧面像，她穿着鲜艳的、闪闪发光的橙黄色短上衣。在用具和

---

① 吉恩·普格特·德·拉·萨拉（1594—1665），法国作家、戏剧家。
② 原文为法语。

色彩的混乱中她的脸上没有露出一点儿激情。与其说是位写信的年轻贵妇，莫如说令人想起用心做功课的女学生。同样，收藏在大都会博物馆里的《读信的贵妇》，一身重丧的黑色服装，甚至浅黄色的头发上也披着黑色的透花纱巾；她那年轻、美丽、雪花石膏般的脸上没有一丝悲伤的影子，没有一点忧烦的皱纹。她带着公证人冷静的实事求是精神读信（也可能是签订婚姻契约的建议，因为在荷兰的婚姻市场寡妇受到高度评价）。

然而有时泰尔博赫也怜悯我们的好奇心和作孽的偷窥习性。伦敦华莱士典藏馆里的《读信的贵妇》没有隐藏自己的感情。她全身心沉浸在书信的阅读之中，冲着拿在手上的一张小纸片微笑，纸上放射出温暖和光芒。她脸上露出怡然自得的表情，仿佛在信中读到了所有期盼已久的话语和赌咒发誓。在慕尼黑老绘画陈列馆有幅泰尔博赫的油画——书信的题材分别按角色表现。一个军队信使走进房间，身着棕色的长大衣，点缀有黑色条纹——漂亮的布拉克①式的搭配——背上背着军号，一位头戴白色兜帽的夫人——很显然是中断了清晨的梳妆——还有一个女仆，她带着无法形容的惊愕望着这个场面。信使一只伸出的手中拿着一封信，这家女主人的脸上露出轻蔑的冷漠。她把双手交叉在胸前做出意味着推却、拒绝、彻底断绝联系的庄重手势。假若不是夫人的打扮碍眼，这场面也许会令人感动得热泪盈眶——她难以扮演着晨装的女英雄——穿披风的珀涅罗珀②。

收藏在柏林达莱姆博物馆的《父亲的告诫》是我喜爱的泰尔博赫的作品，可以说，它是最完整地体现泰尔博赫处于自己绘画才能巅峰的代表作。雅致的房间封闭的局部（盒子式构图令人想起易卜生和

---

① 乔治·布拉克（1882—1963），法国画家，立体主义代表人物，作品多数为静物画和风景画，画风简洁单纯，严谨统一，色彩和谐，线条典雅流畅。

② 珀涅罗珀是荷马史诗《奥德赛》的主角之一，是品行高尚、忠于爱情的理想妇女。

十九世纪自然主义者的戏剧）。它以浓艳的古铜色为背景，画着一张带华盖形幔帐的卧床，床上的帷幔像幕布似的垂直倾泻而下，颜色为无光泽的闷红；桌上的台布和椅子套重复了同样的色调，只是渐次显得更深，更亮。房间里有三个人：看到侧面像的年轻战士，他的皮革制服上衣和裤子画成了柔和的浅赭色，他那靠在膝盖上的左手拿着插了神奇羽毛的帽子，抬到齐脸高度的右手大拇指和食指碰到了一起，仿佛想用这种手势强调他所说的话既重要又微妙；面对观众的是一个穿黑衣服的女子，她的目光凝视着一杯葡萄酒；第三个人就是她，画中的女主角，她背朝我们——傲慢、清秀、高贵。泰尔博赫按大贵族的派头给她打扮。浅黄色的头发往上梳，用黑色的丝带扎住——露出美丽的脖子；黑色、宽大的丝绒披肩；灯笼袖、高束腰的连衫裙，从这个高处流泻下银色的、波浪起伏的缎子，形成曳地长后襟。曾以如此的审慎绘制灰黑色肖像画的泰尔博赫，在《父亲的告诫》中上演了色彩技艺的协奏曲，红、黑、白的艰难搭配，显示了画家对色差的绝妙运用以及对色调和光线的微妙处理。床上帷幔无光泽的发暗的红色，画中人的披肩沉闷的黑色，她的连衫裙轻快、炫目的白色，给人以欢乐的感觉。每当我尽力回忆泰尔博赫的这幅油画，闭上眼睛，看到的首先就是这场面的女主人公——"背过身去的美人"，当别的人物、家具、细节都处于若明若暗、影影绰绰、变幻不定的境地，是她照亮了黑暗，宛如插在名贵烛台上的蜡烛。

歌德的长篇小说《亲和力》①中描写过当时风行的上演《活人画》的游戏，也就是说，舞台上通过演员穿着相应的服装，模仿原作人物的手势、面部表情以至情绪，尽可能忠实地再现美术作品原作。简而言之，就是以无声无动作的静止戏剧场面来表现绘画。

某日晚上演出了凡·戴克的《贝利扎尔》、普桑②的《亚哈随鲁和

---

① 原文为德语。《亲和力》是在1805年席勒逝世后歌德创作的长篇小说。
② 普桑（1594—1665），法国17世纪巴洛克重要画家。

以斯帖》①，而后又演出了泰尔博赫的《父亲的告诫》，正是这幅画唤起了观众前所未有的热情，热烈的鼓掌，高呼"再来一次"。尤其是"背朝观众的姑娘"，她那优雅地扎住的头发，她那脑袋的形状，她那轻盈体态，最令观众倾倒——一个入迷的观众高呼："*请您转过身来*"②，别的人也随着齐声喊了起来，但是熟知演出规则的艺术家们仍然漠不关心，一动不动。

过了几个世纪，围绕《父亲的告诫》爆发了一场争论，甚至出现了荒唐的解释。某些"读画"人宣称，说油画的标题是些假仁假义的伪君子杜撰出来的，实际上它展示的是——说起来可怕——妓院的一个场面。荷兰人绘制青楼的内部，常带有喝得微醉的男人，还有往酒杯里灌葡萄酒、双眼紧紧盯着自己狎客钱袋的秋娘（为了不致产生任何疑问，还添上了交尾的狗）。然而泰尔博赫所做的一切，都是为了使我们迷惘不解。在《父亲的告诫》中，的确画的是富裕市民家庭的内室。整个场面饱含高尚、平静、矜持的气氛。没有丝毫粗暴的姿势和难以抑制的淫欲的迹象。这是一般的印象。无情的细节却证明了别的什么东西。二十几岁的年轻战士有可能是"背朝观众的美人"的父亲吗？为什么擦去了他诱惑地拿在右手上的金币（这种修改的痕迹在画布上清晰可见）？身穿黑色服装，啜葡萄酒的女子，是母亲，或者——就像具有类似题材的油画常表现的那样——简而言之就是撮合罪恶的男女私通的拉皮条的女人。泰尔博赫酷爱玩弄的这整个含义游戏，在寓意画中称之为自相矛盾，这种矛盾在于将道德上不成体统的事情画入无可指责的、充满美德和高尚的配景。

与当代研究家们的那些无聊的、像刨花一样干瘪乏味的躁狂"科

---

① 亚哈随鲁和以斯帖，典出《圣经·旧约·以斯帖记》，以斯帖是个容貌俊美的犹太妇女，被波斯王亚哈随鲁招选入王宫，封立为王后。当朝内高官哈曼阴谋灭绝犹太人时，以斯帖揭露了他的阴谋，在以斯帖的请求下，犹太人得免于难。

② 原文为法语。

研"著作相比，过去那些艺术史家的写作方法具有多么突出的优点——流畅的、不乏魅力的风格，总能结合我们的视觉能力，对大师形象简洁、综合的论述准确无误。卓越的马克思·弗里德兰德尔[①]是这么形容泰尔博赫的："他的创作遵循的是审美力，分寸感，比例感。他赋予荷兰的市民阶层一丝儿法兰西的优雅，西班牙的高傲，还有，让人觉得拥有外交家的一切特点——满怀尊严的潇洒和矜持的妥协性。"弗里德兰德尔注意到泰尔博赫绘画的精微之处，指出画家力避强烈的色彩搭配。油画的主调是冷色和银色，是灰色的层次渐进，直到封住画面的庄严黑色。同时他也注意到泰尔博赫在表现衣物料子方面的精湛技巧，从窸窣作响的冷色丝绸到吸光的软软的厚呢绒无不画得惟妙惟肖。还有他注意到画家特殊的渔色——清教徒的、密码化的、隐约提及的色情，但因此也更加令人好奇。

确实，泰尔博赫给人的印象是个单独的画家，没有系谱，没有别人的影响或进化的沿革，因而容易辨认。但果真是如此吗？至少他的两幅油画令我有所疑虑。第一幅是收藏在柏林达莱姆博物馆的《磨光匠人的一家》。

在院落的深部有个阴暗的、用木板随便搭就的棚屋，那是手艺匠人的作坊，磨光匠此刻正俯身在砂轮上等候顾客。院落的右边有某种曾经可能是房屋的东西，但时间已把建筑物压缩到砖砌的底层，砖上的灰浆正在掉落。三个模仿窗户和门的黑洞。母亲在孩子的头上捉虱子，院子里铺的是圆石头，椅子翻倒。工具凌乱地放置。整个儿就是一幅荒废、瓦解、贫穷的画稿。这位一向追求雅致和综合的画家，以何等极端的精确性追踪所有可憎的细节，令人难以忍受的详情。十九世纪中叶的自然主义者如此绘画，力图激起对城市无产者命运的同情。可是这位非常讲究的极文雅的市政委员泰尔博赫是如何无意中进

[①] 马克思·弗里德兰德尔（1867—1958），德国艺术史家，生于德国柏林，死于荷兰阿姆斯特丹。

入了这个贫困的胡同?

鹿特丹博伊曼斯·凡·柏尼根博物馆的一幅题为《鞭笞派教徒行巡》的油画,我毫不犹豫地视为漫不经心的管理员的失误,他把西班牙人的作品挂在了荷兰人的作品之中。《鞭笞派教徒行巡》展示的是强烈、尖锐的光影对比的场面。恐怖、神秘的气氛,在撕心裂肺的惨叫和坟墓一般的沉默之间波动。燃烧的火炬投下的光,在稠浓的、几乎可以触摸到的黑暗中间造出一条条明亮的光带。左边是某种类似祭坛或讲台的东西。中央是三个驱魔司祭,身穿白色法袍,头戴白色锥形风帽,令人想起噩梦般幻影图鉴中的猛兽。我们还看到——一个被绑在栅栏或围墙上的男人,平伸两臂,赤裸到腰部,片刻之后鞭挞就会雨点般地落到他身上。

后来当我多次观看这幅油画,我的想法没有改变——这毕竟是戈雅,不是别的任何人,只是戈雅的画,是他的题材,他的绘画手法,他的狂暴和残酷特色。是什么奇迹使一个由不同审美力和传统主宰艺术的北方国家的画家,抢先一个半世纪画出天才的西班牙人的画?年轻时代旅游的回忆?有可能,但这不能解释风格的相似或雷同。好一堂教人学会谦卑的课!我们不能识破想象力所有的奥秘。

在莫瑞泰斯皇家美术馆有幅大师的自画像——大脑袋,与身体其余部分有点儿比例失调,面孔,不如说普普通通,肥大的鼻子,贪吃的嘴唇,一双敏锐的眼睛带着不加掩饰的讥讽望着我们,仿佛在说——不错,我熟知贫穷和丑陋的世界,但我画的是表皮,闪光的层面,事物的外观——穿丝绸的贵妇,身着无可指责的黑礼服的绅士。我曾说过,他们怎样顽强地奋斗和争取活得比他们注定该有的寿命稍长。他们曾竭力自保,靠的是时髦,缝纫的点缀物,新奇别致的百褶雀屏领,独出心裁的翻袖口,衣裙的褶皱和贴边儿,靠的是黑色的背景将他们和我们自己一起吞没之前能让他们持续的时间略长一点的每个细节。

带马嚼子的静物画

献给尤瑟夫·恰普斯基①

*因为我是一个例外*②

——阿尔蒂尔·兰波

一

事情是这么开始的,在我首次到阿姆斯特丹皇家美术馆③参观的时候,我从挂着哈尔斯出色的《夫妇俩》和杜伊斯特④漂亮的《婚礼》的大厅走过,在那里碰上了一幅我不知道的画家的油画。

我当即领悟到,虽说或许难以做出合理的解释,但的确发生了某种极其重要的事,某种比在杰作群中偶然相遇更有意义的事。该怎样形容这种内心的状态?突然爆发的强烈好奇,全神贯注,视觉迫不及待,希望是一次令人眩晕的奇遇。我体验到一种几乎是肌肤接触的感觉——仿佛有人在召唤我,叫我到他身边去。常年来这幅油画一直留

---

① 尤瑟夫·恰普斯基(1896—1993),波兰画家,作家。
② 原文为法语。
③ 阿姆斯特丹皇家美术馆即国立美术馆的前身。
④ 杜伊斯特(1599—1635),荷兰绘画黄金时期的画家。

在我的记忆里——历历在目，萦绕不去——可这毕竟不是目光灼灼的面部肖像，也不是任何戏剧性的场面，而是一幅平和、安谧的静物画。

瞧，这就是画中表现的物品清单：右边是只用黏土烧制成的鲜艳暖棕色的大肚子高水罐；中央是只称之为高脚杯的厚实的玻璃大酒杯，装了半杯液体；左边是只带盖子和长嘴的银灰色锡制高水罐。在立着上述器皿的搁架上，还有两个瓷烟斗和一张写有曲谱和歌词的纸片。上方金属的物品我一时无法识别是什么东西。

最富有魅力的是背景。黑色，深得像无底洞，而同时又平得像镜子，可触摸到，又消失在无限的透视中。仿佛是深渊的透明覆盖层。

当时我记录了画家的姓名——托伦提乌斯。后来我在各种美术史、百科全书、艺术家词典中寻找有关他的进一步信息。但那些词典和百科全书或者只字不提，或者我在其中找到了一些含混不清、自相矛盾的话。似乎托伦提乌斯只是学者们的假设，实际上从来不曾有过这个画家。

当我终于接触到一些史料和文献时，在我眼前突然浮现出了这位画家令人惊诧的生活，动荡的、不同凡响的、戏剧性的生活，与他的大多数同行平庸的传记有天渊之别的履历。对那些为数不多的曾经写过有关他的经历的人来说，他是个谜一般神秘的、令人困惑的形象，而他那闪电般的飞黄腾达和悲剧的结束都无法形成任何合乎逻辑的、明晰的模式，而是许多因素——艺术的、社会的、习俗的，最后似乎还有政治的因素纠缠在一起的难解的结。

通常，按照市民阶层的习惯，他叫扬·西蒙什·凡·德·贝克。拉丁文的*化名*① 起源于*激流*② 这个词，它的形容词形式意思是"热的，烧红的"，在名词变化中意思是"野性的、奔腾的山溪"，因此

---

① 原文为拉丁语。
② 原文为拉丁语。

*托伦提乌斯*①这个词包含有互不相容、彼此对立的火与水两大要素。假如能把一个人的命运写进笔名中，托伦提乌斯倒是带着未卜先知的直觉做到了这一点。

他于一五八九年出生在阿姆斯特丹。我们不知道，谁是他的师傅，但众所周知，打自他的艺术生涯起始，他便是位受欢迎的、驰名的、富有的大师。尤其是他的静物画获得了巨大的成功。"我认为，"康斯坦丁·惠更斯在自己关于绘画的几点意见中写道，"他是忠实反映静物的魔法师。"

静物画的俄耳甫斯②。有种神秘气氛环绕着他，流传着有关在他的画室里发生的奇闻和他在创作自己的作品时役使超自然力量的故事。托伦提乌斯大概认为（在这一点上他有别于自己那些圣路加公会谦卑的同仁）一定剂量的吹嘘不会损害，相反——会有助于绘画。例如，他曾说，其实不是他在绘画，他只是在地板上把颜料摆在画布近旁，在乐音的影响下它们自己形成色彩的和谐。不过，难道绘画，每种绘画不是炼金术的嬗变吗？从溶化在油里的颜料产生比真物更真实的——花卉、城市、海湾和天堂的景象。

"至于这个人的生活和习惯，"惠更斯似乎不经意地补充道，"我并不想扮演穿长袍的古罗马法官角色。"慎言是值得赞美的态度，正是因为人们普遍都在就这个问题发表议论，说得很多，怀着狂热的乐趣。托伦提乌斯仪表堂堂，浓妆盛服，过着奢侈豪华的生活，有亲随仆役，宝马良驹。不幸外加他周围有群朋友和崇拜者，他带着这些人，犹如狄俄尼索斯③带着一队萨蹄尔④从一座城市漫游到另一座城市，在旅店、酒馆、青楼举办不太合乎礼法的豪宴。接踵而来的是引

---

① 原文为拉丁语。
② 希腊神话中佛律癸亚歌手，善弹竖琴，传说他奏的音乐可感动鸟兽木石。
③ 希腊神话中的酒神。
④ 希腊神话中最低级的林神，司丰收的精灵，狄俄尼索斯的随从。

诱者和好色之徒的流言蜚语,不断增长的失足女子的抱怨和懊恼,还有没有付款的账单。仅在莱顿的一家"彩虹下"酒店,他欠下的食品和饮料的债务就是四百八十四弗罗林这样一笔不小的数目。一些人温和地将他称为伊壁鸠鲁的信徒,另一些人则不惜严厉谴责的话语,说他是:"集公民最大的骗子、冒名顶替的人、堕落青年、妇女的诱惑者于一身。"①

似乎所有这一切都不足以形容这个人物的特征,托伦提乌斯身上具有苏格拉底的禀赋,也就是说,他特别喜欢进行有关信仰问题的讨论。他天资聪颖,博览群书,思想敏捷,他不放过任何机会,把遇到的牧师或神学院的学生逼得百般无奈。很难说清,他所代表的是何种宗教观点。可能他的那些论战不过是显示雄辩才能而已,论战的动力是把别人弄成蠢货的纯粹快感。

托伦提乌斯大概意识到了自己在玩火,在进行一场非常危险的游戏。但他指望自己的幸运之星、天赋和不可抗拒的个人魅力。起初他轻率扮演的角色,是为了博得赞许,逐渐成了他生命的一部分,并且主宰了他的命运。

画家的头顶开始聚集阴云,而且具有完全出人意料的形态。他受到怀疑,说他是荷兰蔷薇十字骑士团②的成员,甚至是它的头目,也就是那个秘密结社(某种类似共济会在获得自己的名称之前③的组织)的头目,它抱定的宗旨是神秘—改良地重建世界和为上帝的王国降临人间做好准备。在这个运动的哲学,或者像人们所说的泛哲学——绝顶智慧中,将各种各样的因素结合在一起:希伯来神秘哲

---

① 原文为拉丁语。
② 蔷薇十字骑士团是17、18世纪的秘密结社。据传于1484年由德国贵族基督教徒罗森克鲁斯创立,但于1614年才为世人所知。
③ 原文为拉丁语。

学①、新柏拉图主义②、诺斯替教③、对基督教的秘传解释，而主要恐怕是德国神学家约翰·瓦伦丁·安德烈④的观点。在十六世纪至十七世纪的转折时期以及稍后一段时间，蔷薇十字骑士团曾有过许多追随者，特别是在英格兰、法兰西、德意志——他们当中有一系列那个时代的杰出人士——王公、学者、思想家。确实，这是个非常吸引人的潮流，既然有那么多光辉的头脑受到它的影响，例如考门斯基⑤、莱布尼茨⑥或勒内·笛卡儿⑦。

那些秘密结社没有给后人留下自己成员的名单，因此难以确定托伦提乌斯曾经是不是蔷薇十字骑士，实际上，正是由于这个原因开始了对画家的监视。共和国当局可能担心具有广泛国际影响的秘密宗教社团设立分支的活动——一六二五年在哈勒姆揭露了法兰西蔷薇十字骑士团跟荷兰的蔷薇十字骑士团的协议——但同样可能这只是一种借口。荷兰以欧洲罕见的宗教和信仰宽容而闻名于世。下述事件最好地说明了在伊拉斯谟⑧祖国的精神生活。

一五六九年在阿姆斯特丹有个被控从事异端活动的手艺匠人站到了法庭面前。他的职业是鞋匠，但却是个与众不同的鞋匠，因为他靠

---

① 犹太教对《圣经·旧约》做神秘解释的哲学。

② 新柏拉图主义是公元3—6世纪流行于古罗马的神秘主义哲学。是柏拉图、毕达哥拉斯派、斯多葛派的哲学以及其他各种古代唯心主义哲学糅合在一起，进一步加以神秘化而形成的哲学。

③ 诺斯替教是公元1—3世纪产生的宗教哲学学说，是基督教、犹太教、各种多神教以及希腊、罗马唯心主义哲学某些成分的综合体。

④ 约翰·瓦伦丁·安德烈（1586—1654），德国宗教改革家、作家、数学家、天文学家、神学家，被称为"维滕贝格的马丁·路德"。

⑤ 即扬·阿莫斯·考门斯基（1592—1670），捷克教育家。

⑥ 莱布尼茨（1646—1716），德国自然科学家、数学家、唯心主义哲学家。

⑦ 勒内·笛卡儿（1596—1650），法国哲学家、物理学家、数学家、生理学家。解析几何的创始人。

⑧ 伊拉斯谟（1466—1536），文艺复兴时期尼德兰著名人文主义者。生于荷兰鹿特丹。写有著名讽刺作品《愚人颂》，主要揭露封建统治的罪恶和抨击经院哲学及宗教偏见。

自学掌握了拉丁语和希伯来语，为的是研究《圣经》。他在以鞋匠特有的狂热进行研究的过程中，得出结论，说基督只是一个凡人，有关此事他到处说，告诉他的亲戚、熟人，更糟糕的是也对不相干的外人说了。涉及异端活动的指控理论上可以导致火刑，但是阿姆斯特丹的一位市政长官参与了这件事，他出面保护不幸的业余《圣经》研究者，他论证说，既然教会已经实施了相应的精神惩罚——将鞋匠从信徒的大家庭里除名——那么就没有必要让难免犯错误的人间司法机关再次就此复杂的问题作出判决。他还说，人的生命不应取决于神学家微妙的思考。

完全料想不到的是，一六二七年六月三十日，托伦提乌斯遭到逮捕，被关进了哈勒姆的监狱。

起初还能设想，整个风波很快就会平息。首先，法庭慈父般的申斥；其次，悔过的罪人郑重许诺改邪归正；再次，沉重的罚款。可是不久事情便发生了致命的转折，法庭在证据确凿的诉讼程序开始之前，就决定以无论什么借口、不惜任何代价严厉惩处行为放荡的画家。

传唤的证人数目巨大说明了这一点，他们中占优势的是托伦提乌斯的私敌，而这种人多得不可胜数。供词涉及指责画家的两种罪行，也就是：违反现行习俗规范和亵渎上帝。在头一件事上，向法庭提供丰富的证明有罪材料的是画家住过的一些房子的仆役、小旅店老板、画家积习难改的古怪行为的偶然目击者。

正是他们中的一个见到了如此私密的场面——托伦提乌斯将一个年轻女子拥在膝头。另一个，德尔夫特的"蛇下"小旅店老板，讲了一个有关年轻姑娘的动人故事，画家一再从窗口给她抛糖果，直到她委身于他，而当姑娘怀了孕，他却狠心将她抛弃，更为糟糕的是还当众嘲弄她。著名家族的成员凡·贝雷斯泰因也曾作为证人出庭。他说，托伦提乌斯经常把娼妓召到旅店，同时还援引威廉·奥兰治公爵的书信——*护身铁卷*①——公爵似乎赋予他统辖全共和国所有娼妓的权力。凡·贝雷斯泰因还供称,被告经常为可敬的市政委员和富有的商人组织宴会,邀请出自体面家庭的年轻夫人和小姐参加。宴会后集体享受肌肤之欢。

这些控告的清单或许还能延长,显然其中真相和谣言、诚实的供词和卑鄙的告密混杂在一起,不过还是让我们以上述实例为限吧。似乎更重要的是回答这样一个问题:试问在当时占统治地位的社会关系背景下,托伦提乌斯是个不可能被接受的人物吗?是道德怪物的凶恶变种吗?

尼德兰人生活敏锐的观察家、英国大使威廉·坦普尔说,是他们的体质决定了他们的气质和性格特征。他们天生谨慎、温和,不受巨大激情的控制——当然也有例外。在共和国普遍的宽容精神和缓了加尔文宗的严酷。除了作为榜样的市民阶层的庸人道德之外,也为自由留下了颇大的缝隙。有人准确地注意到,荷兰人如此热爱的自由,与其说是源于迷恋形形色色的革命者过去和现在玩弄的抽象口号,莫如说是对暴力的仇恨。在更大程度上是习俗,而在较小程度上是规章制度守卫着他们在民主领域取得的令人肃然起敬的成就。同样,大凡在什么地方遇到了极端情况,例如——明显的不笃信上帝的表现,宽容也就在那里自行结束。一六四二年在阿姆斯特丹的监狱关着某个名叫弗兰齐舍克·凡·丹·梅乌尔斯的人,他不相信基督是上帝和灵魂不死。他坐了七个月的牢,就获释了。

特别是在乡村,习俗严厉,而选择未来的妻子,从订婚到结婚,都要按具有古老传统的规章办事,而且为了防患于未然,都要在长辈的照料下进行。不用说,年轻人更喜欢以不太正规的方式建立联

---

① 原文为意大利语。30 年(1618—1648)战争(由神圣罗马帝国的内战演变而成的全欧洲参与的一次大规模国际战争)期间,商人如持有这种护身铁卷可以通过前线,保证人身、财产不受侵犯。

系——在滑冰场，在森林僻静处，在海滨，甚至在教堂——牧师从布道台声色俱厉地反对这种做法，而他们一向干涉日常生活中所有一切可能和不可能发生的事——他们跟剧院、抽烟、喝咖啡、豪华的葬礼、豪华的婚礼做斗争，他们谴责男人蓄长头发、使用银质的盘子，甚至礼拜天到城外郊游。信徒们面露虔诚的神色听着牧师布道，私下却我行我素。

一般而言婚姻是牢固的。父亲或丈夫有权惩处当场抓获的行为不端的女子，在这种情况下，甚至将她杀害也能逍遥法外。当单身男子跟未婚女子建立亲密的关系——只要保持必要的体面，人们往往闭眼不看。但是，如果已婚男子猥亵未婚女子，哪怕只做淫乱的柔声细语，一旦被当场抓获，他必须支付高额罚款。

与当时大多数欧洲的国王宫廷和大贵族府第相比较，尼德兰总督府是朴素的绿洲。只有威廉二世破坏了这种值得仿效的中庸和美德的画面，而他那奔放的气质成了尖刻的讽刺、传单式作品绝妙的题目，甚至在剧院舞台上非难他那确实过于大量的男女私情。

然而存在着广泛普及的、半多神教的，可以说，深深植根于传统的机构，也就是——集市——交易会，教堂赦罪节和放纵的民间自由大爆发的结合体。数以百计的画作展示这尼德兰的酒神节（除此之外无法理解荷兰人的生活）。成群勤劳、节俭的农民和手艺匠人受到突发的变态支配，将自己坚守的德行弃之不顾，心甘情愿受七大罪恶①的诱惑。集市娱乐的成果是大量的非婚生孩子和弃儿。有耐性的慈善机构为他们建造了越来越多的新育婴堂和工场。

在大城市，特别是在海港城市，繁衍卖淫嫖娼，甚至无人试图为铲除这种恶习而斗争，同时还意识到即便反对也是徒劳，但是秩序感要求对这种奇特的社会现象进行一定的管束。于是采取了独特的方

---

① 根据基督教的伦理，七种主要罪恶为：傲慢、嫉妒、吝啬、淫乱、饕餮、愤怒、懒惰。

式——在阿姆斯特丹的某些区将对妓院的关照交给警察，公共秩序的维护者跟卖淫妇女合作堪称模范的和谐。这样做不完全合法，却是有利可图的买卖——妓女装成"天真少女的角色"，将一名可敬的富有的公民招引到规定的地点，在那里已有警察在等待着，于是对"勾引妇女的人"处以相应的罚款。由于担心丑事暴露，大概所有人都会交钱免祸。

在这种背景下托伦提乌斯案例的情形又是怎样呢？委婉地说，画家违反了大家接受的道德准则，他系统地、坚定不移地、示威性地干这件事，犹如宣布自己的信条，因此，他的主要过错不是他那豪华、放荡的生活，而是整个丑闻的气氛，是画家赋予自己越轨举动的名声。而市民阶层的道德是不会原谅这一点的。

在这方面收集罪证还不足以构成严厉惩罚的基础，于是便设计了更有分量的责难，也就是——亵渎上帝。

正如众所周知的那样，这是个不太精确的概念，为诠释者提供了表明自己观点的广阔天地，历史上享有特权利用概念的含混不清给受到指责的人带来致命后果的诠释者大有人在。在托伦提乌斯的情况下，是想证明画家是个公开的、进攻性的反抗上帝的人，不仅要摧毁宗教信条，同时还怀疑上帝的存在。

审判就这么开始了——说起来真可怕①——因为事情是在开明的荷兰进行，必须收集能证明画家跟魔鬼联系密切的供词。有人告发，说托伦提乌斯经常在森林转悠，在那里远离人们的眼睛跟魔鬼交谈，说他常在市场购买黑色的公鸡和母鸡，为了所谓的妖术实践，而从他的工作室常传出非物质生灵的声音。不难猜想，那是完全有血有肉的夫人们的娇声细语，她们在夜幕的掩护下前去拜访画家。

托伦提乌斯曾经度过觥筹交错的黄昏和夜晚的旅馆，酒店的老板，唯命是听，乐于效劳，竞相提供他的罪证。那都是些怎样的证

---

① 原文为拉丁语。

据？说得委婉点儿，都是值得怀疑的——偷听到的交谈，对话的片言只语，甚至是酒醉后的叫嚷。那些供词不能构成任何逻辑的整体。这样更好。

某个目击者供称，说画家经常发表有关圣三位①一体和基督受难的令人费解的意见。另一些人供称，说有一次托伦提乌斯将《圣经》称之为套在理性之光上的笼嘴，认为洪水是对人类过于严酷的惩罚，对地狱和天堂他怀有自己独特的观点，说有人当着他的面举杯向魔鬼撒旦致敬，还说，他对妇女常用自己喜爱的短语："我的灵魂渴求你的肉体。"

法庭不愿看到一个简单的事实：这位画家天生爱说话，身边又有一群快活的伙伴，他们追求离奇古怪的表演，他不免乘着酒兴，挑衅权威，信口开河，说了些荒诞无稽的话，一言以蔽之，就是为了使参加豪宴的人们开心，并非总是以最好的风格。尤其糟糕的是，法庭并不考虑对被告有利的证词。德尔夫特的年轻画家克里斯蒂安·凡·科文贝赫和他的父亲在法庭宣誓后供称，在相识的六年中他们没有听到过托伦提乌斯嘴里说出任何亵渎上帝的话，恰恰相反，他总是热情维护信仰的真理，同时攻击反对圣三位一体学说的阿里安宗②信徒和别的异教徒。这种性质的供词法庭视为毫无价值③，也就是说不提出任何理由便弃之不顾。

托伦提乌斯是独自一人。被告应有的一切法律保障全被废除，因为采用了特别诉讼程序，甚至不允许辩护律师到场。起诉书指控他犯了三十一条罪过；最沉重的责难涉及异端和凌辱上帝的荣誉。

他受到五次审讯——最后一次是在一六二七年十二月二十九日，

---

① 即基督教有关圣父、圣子和圣灵三位是一体的学说。

② 阿里安宗是4世纪意大利人阿里安建立的基督教流派，反对"圣三位一体"学说，认为耶稣不是神，而是个道德完善的人。主张建立早期基督教的原始公社。

③ 原文为拉丁语。

在特殊情况下进行,有关这一点稍后还要谈及——托伦提乌斯意识到,自己是在玩大把戏,担大风险,他坚持不懈地、富有逻辑性地、令人信服地自我辩护。不错,他常利用形形色色的姑娘效劳,但却是作为一名古希腊神话场景(荷兰少见的绘画品种)的画家,经常寻找自愿赤身裸体摆好姿势的模特儿,因为奥林波斯山上诸神喜欢的正是这种打扮而不是别的服装。如果他曾经在某些并非享有最好名声的处所组织宴会,他邀请赴宴的是清一色的成年男子,他们理应意识到,自己来到这里并非为了探讨生存的奥秘。因此他不是通常意义上的诱人失足者。

他精力充沛地、坚决果敢地反驳那些涉及信仰问题的责难;他从来没有亵渎过上帝,也从来没有攻击过教义。诚然,有时他也曾怀着满腔热情和由于良心不安而产生的求知欲,探讨过宗教问题,但这恰恰证明有利于他,因为那些问题对他的确重要。其他的公民照样会这么做。令人诧异的是:在审讯的时候,对托伦提乌斯属于秘密结社的指控消失得无影无踪。可要知道这曾是整个丑闻的出发点。

在十七世纪荷兰司法编年史背景上,托伦提乌斯的诉讼程序属于最复杂、最黑暗、道德上最丑恶的。特别是自从决定对被告采取肉体暴力方法的时候。

法庭不能迫使托伦提乌斯承认罪过,就决定用酷刑摧毁他。这种手段曾是令人痛恨的宗教裁判所惯用的,如今只对普通罪犯还在使用,而被告实在不属于这个范畴。哈勒姆的法官肯定是意识到他们走得太远,他们致函海牙的五位杰出法律学家,请求作出评议,在这种情况下是否允许采取如此严厉的审讯方法。五位遐迩闻名的法律学家回答说,对那些胆敢冒犯上帝威严的人使用酷刑是合法的手段。

"你们让我受尽苦楚,如果从我嘴里吐出任何口供,全都是假话,"画家对折磨自己的刽子手们叫喊道。结果发生了令人惊诧的事,逼迫招供的工具显得无能为力,托伦提乌斯没有承认强加于他的罪行。

一六二八年一月二十八日作出了判决——火刑和悬尸绞架。法庭仿佛是给自己的残酷吓坏了,改判二十年监禁。这意味着在监狱里慢慢死亡。

应该说荷兰社会值得称赞,法院残酷的判决激起了广泛的反响,引起了义愤,虽说显然也不乏伪君子们满意的声音。出现了大量的传单,指责整个诉讼程序回到了西班牙占领者的实践。一些卓越的法律学家向市政当局提出抗议,证明法院在侦讯和审理时系统地侵犯了被告理应享有的法律保障,对此检察官带着毫无良心责备搅扰的平静干脆回答说,在托伦提乌斯事件上,所犯罪行的分量证明采取特别诉讼程序是有根据的。

甚至荷兰总督弗雷德里克·亨利克公爵对整个黑幕也极其关心。在诉讼程序尚在进行时,他对诉讼的进程不能施加任何影响,他只能要求对案件进行公正审理,而在作出判决之后,公爵根据被判决有罪的画家的朋友们的陈述,建议把画家从监狱释放出来,那些人报告说,托伦提乌斯处于完全与世隔绝的状况,没有医疗援助,没有从事职业工作的可能性。公爵许诺,他将责成寻找别的适当的隔离地点,在那里犯人将受到监视,但能得到关怀和必要的工作条件。

可敬的哈勒姆市政当局的长官回了一封彬彬有礼、支吾其词的信函。他们断言,犯人的处境根本不像传言的那么糟糕。监狱看守对他关怀备至,犹如他的私仆,监狱有听凭调遣的外科医生,但他拒绝做必要的小手术("只是"在两只脚上可以肯定有酷刑的痕迹)。朋友们常给他送去内衣和细软的食物(显而易见是感情的细腻阻止了市政委员们提及这样的事实,那就是由于紧张审讯的结果,画家的上颌和下颌都受到损伤,还有吞咽食物的困难)。谁也不反对他从事自己的绘画艺术,但很显然他缺乏绘画的兴致。因此从狱中释放托伦提乌斯,哪怕是按照公爵建议的条件,似乎既不合理也不正确。这种无功而获的特赦令也许会让健康的社会舆论的多数理解为对正义原则的颠覆,可能使某些人胆敢去犯类似的败坏道德的罪行。同时也不能排除抗议、骚乱的风潮，因为公民期待当局维护法律、良好的习俗和宗教。除此之外还有种理由充足的担忧，那就是托伦提乌斯甚至在隔离地仍然会我行我素，也就是说——将仍然是个诱人失足者和亵渎上帝的人。

总督干预的唯一积极后果是监狱的规章有所宽松。允许朋友们更经常去看望画家，他的妻子有可能在牢房跟他一起度过十四天。允许每天购买一罐葡萄酒——多承市政当局宽宏大量——免征地方税，成立了以弗朗斯·哈尔斯为首的特别专家委员会，旨在研究在监狱环境是否能献身艺术。有关这件重要、而且不幸始终是现实的事情的报告没有保存到我们时代，实在是值得惋惜。

一切都表明，托伦提乌斯的命运是早已决定了的，他永远也看不到自由之光。

但是事情令人惊诧地转了个大圈，突然出现了意想不到的转机，因为奥兰治公爵收到了英格兰国王查理一世的信函。文献的日期——一六三〇年五月三十日。

"阁下，"英格兰君主写道，"我们得知，有位托伦提乌斯，职业画家，由于荒唐行径和亵渎宗教而被判刑，几年来在哈勒姆的市立监狱坐牢，致函阁下，是期望表明，保证我们的意图不是颠覆判决的正确性，也不是要求缩短或和缓对他的惩罚，因为我们认为，他既犯有如此重罪，受到惩罚是公正的……"复杂的开场白至此结束，其目的是要消除国王干涉"荷兰内部事务"的怀疑，进而我们看到国王的真正意图。查理一世请求，考虑到托伦提乌斯的旷世之才释放他，将他派到英格兰*我们身边*①，也就是送到国王宫中，在那里全心全意献身于绘画，会有机警的眼睛监视他，使他不致陷入罪恶的习尚和爱好。

可能让人产生愉快的错觉，以为这些话语出自一位痛感画家苦涩

---

① 原文为法语。

遭遇的君主慈悲的内心，或者，更有可能是源于别的理由，查理一世——以酷爱绘画著称，须知凡·戴克本人就曾是他的宫廷画家——决心不失良机，用低廉的成本和国王宠幸的模糊许诺，为自己赢得闻名遐迩的托伦提乌斯。不管怎么说，他开展了外交活动。外交大臣，多切斯特子爵在荷兰大法官德·格拉尔格斯那里进行了交涉，国王的使者达德利·卡尔莱顿在这件事上开展了特别积极的外交攻势。几乎在所有的信件中重复了一个论据——倘若一个如此杰出的艺术家卑微地离开这个世界，将会是莫大的损失。

这些努力获得成功。托伦提乌斯离开监狱，但要遵从三个条件：支付巨大的诉讼费用，庄重保证，立刻去英格兰，永远不再返回自己的祖国。

画家此后的命运我们只能以非常一般的概述再现出来。有关他逗留英格兰的情况无法提供任何可靠的信息。似乎，不可救药的托伦提乌斯在自己解救者的土地上继续了过去的生活方式，一切依然故我。至少可以这么解释对他的令人费解的评语——在霍勒斯·沃波尔①的《查理一世统治时期的画家们》一书中，我们找到了这样的评语，说他：*给予更多的是丑闻而不是满意*②。

他返回荷兰的举动近乎明显的疯狂。一六四二年他突然出现在自己的祖国，确实无法说明，他指望什么？莫非他是指望自己的过错将得到宽赦，并重复一个有关浪子的圣经故事？毕竟，他深知哈勒姆市民对他有不共戴天的仇恨。因此这个流放的犯人也许干脆是被迫离开自己的避难之所，除了回归祖国，用劳动赢得后辈更好的记忆，没有任何别的选择。同样完全可能的是：托伦提乌斯想以最后一搏挑战命运，找到昔日的老伙伴，跟他们一起度过几个疯狂的夜晚，用浮士德的手势召回青春，为此不惜付出任何代价。最后还有一点不能排除，

---

① 霍勒斯·沃波尔（又译华尔波尔）（1717—1797），英国作家，历史学家。
② 原文为英语。

那就是，他因自己发明的这场游戏感到疲惫不堪，对这个充满喧嚣和疯狂的故事的续集和结尾，他已满不在乎。

他碰上了每个人都很容易预见到的事。第二次诉讼，有关它的过程，除了重新受到严刑拷打，几乎没有什么是让人知道的。一六四四年二月十七日，他作为一个被摧毁了的人死于故乡阿姆斯特丹。

托伦提乌斯的命运令人联想到一部长篇小说，但却是怎样的一部惊险、狡诈、充满讽喻的长篇小说？我们的主人公不受那些公式、定义、传统的描述手法所左右——仿佛他唯一的、死后的雄心是哄骗我们，反复说明他是个天外来客，没有先辈，没有后继者和血缘亲属，是个天涯之境的居民。

如果我们说，他是另一种人，完全不同于那个时期共和国其余的公民，这将是一个简单朴素的论断，离揭开托伦提乌斯之谜尚差半步之遥。他是众多单色的鸟儿中的一只挑战性的五彩斑斓的鸟。大概他是把自己的生活当成了素材，当成了他可以赋予非同凡响的奇巧形式的物质，因此他摧毁了因袭的常规，令人眩晕，使人气恼。

他理应享有先驱者的头衔和可悲的尊严，因为他身上有某种迪·萨德侯爵①的东西，也有某种十九世纪*可恶的诗人（们）*②的东西，或者举个近似的例子，有某种超现实主义者的东西。他超越了自己的时代，似乎他追求的不是非凡的作品，而是画家特殊的地位，而这完全不能为老实的市民所理解，那些身为画家的市民也不例外。因此托伦提乌斯不得不以惨败告终。

对于我们他是一幅油画的创作者，而这幅画是介于政治、习俗史和艺术的奇特现象。

他的那些作品都怎么了？存在着理由充足的担忧，认为那些作品

---

① 迪·萨德（1740—1814），法国贵族，一系列色情和哲学书籍的作者，尤其由于他所描写的色情幻想和他所导致的社会丑闻而出名。

② 原文为拉丁语。

分担了作者的命运，也就是说被毁掉了。然而在当代的一些目录、短评中，这里那里仍能碰到那些作品的痕迹。在十七世纪前半叶写作的克拉姆，提到《神学家的肖像》。这幅画作由两个重叠在一起的活动层面构成；一旦移开展示一个神学问题的可敬研究者肖像的第一个层面，令人惊诧的是，映入眼帘的竟是"极其艺术地完成的青楼场景"。妙哉！

在查理一世收藏全集的目录中，我们找到有关托伦提乌斯三幅油画综合的、但非常值得思考的记录："一幅是亚当和夏娃，他的肤色非常红润，只看得见他们的侧面，另一幅是个女子在往一个男人的耳朵里尿尿。最好的是第三幅，他画的是一位年轻妇女，她的坐姿有些奇怪，手放在腿的下面。"①

许多绘画作品注定是秘密存在，我们在对所有人开放的博物馆和画廊看到的东西只是保存下来的昔日财产的一部分。难以猜测的剩余部分跟有价证券一起藏在难以接近的迷宫、宝库、密室里越冬——受到并非总是有学识的收藏家贪婪地看守。因此并不排除（尽管可能性不大）有朝一日会浮现出一个崭新的托伦提乌斯。

一八六五年，在巴黎的拍卖会上，有人出售我们画家的一幅画作——大概是有画家签名，因为当时他是处在忘却的雾松林。我们仅仅知道油画的题目——《狄安娜②和阿克泰翁③》。既没有复制画保存下来，甚至没有对作品的描述。突然，好像魔杖一挥形势发生了几乎是根本变化——我们探究的对象迫使我们使用魔术的术语——荷兰绘画的出色鉴赏家布雷迪乌斯④于一九〇九年发表了有关画家的拓荒性的专著。四年后发现了《带马嚼子的静物画》。发现这幅作品的情况相

---

① 原文为英语。
② 狄安娜：希腊神话中的狩猎女神。
③ 阿克泰翁：希腊神话中波俄提亚的巨人，被狄安娜变成了一只赤牝鹿。
④ 亚伯拉罕·布雷迪乌斯（1855—1946），著名的荷兰绘画鉴赏家。

当离奇,对此也不应大惊小怪,因为它仿佛是来自冥府的最后的讥嘲。几个世纪里它一直被用作葡萄干桶盖。

  一位匿名的评论家,于一九二二年公布维也纳画廊的展览总结时,报告了托伦提乌斯一幅陈列出售的新作品,他把该画作确定为真正轰动一时的现象,"视为很稀有的珍品①"。古希腊神话题材本身已是特殊现象,和裸体画一样在荷兰的绘画中属于罕见的范畴。加之在对题材的处理上又是多么不同一般的大胆!在前景上——一张装饰华丽的大床,床顶上挂着带有胖乎乎爱神的华盖形幔帐——床上马尔斯②和维纳斯③在忘情地做爱。左边出现了武尔坎④手握一张织得很巧妙的网,很显然他是想把这对神仙爱侣当场捕获。上方是一群奥林波斯山上的诸神。他们像剧院的观众,津津有味地望着这个场面。还有几个细节——一只蹲在床上的猴子,一条白色的品捷狗。床下有凉鞋和夜壶。

  除了报告人笼统的意见"这是一幅很好的绘画"⑤之外,有关这幅油画以后的命运我们一无所知,也不知它的美学价值。但是从人物形象和物品排列本身放射出闺房淫荡、扑粉、香水和罪恶的气息。难道远远超越时代风格的托伦提乌斯不是一个孤独的洛可可的先驱者,布歇⑥和弗拉戈纳尔⑦在时间上相隔遥远的前辈?可是他在国内何处能为自己肆无忌惮的作品找到稳健的商人和业余爱好者?那又怎样,几乎在每个时代都有淫秽油画的收藏者,他们极力在孩子、妻子、道德卫士的眼前隐藏自己的宝物,只是在特殊情况下,当他们喝得稍有

---

① 原文为德语。
② 马尔斯:希腊神话中的战神阿瑞斯。
③ 维纳斯:希腊神话中的阿佛洛狄忒,为肉欲、爱情、美和恋爱的女神。
④ 武尔坎:希腊神话中的赫淮斯托斯,火神和锻冶之神,阿佛洛狄忒的丈夫。
⑤ 原文为德语。
⑥ 弗朗索瓦·布歇(1703—1770),法国洛可可风格画家。
⑦ 弗拉戈纳尔(1732—1806),法国洛可可风格画家。

醉意，这才迈着摇摇晃晃的步伐，朝着黑暗的角落走去，向自己最亲近的朋友展示那些淫秽的东西，同时发出有伤大雅的吃吃笑声。

只有一幅画作保存至今。唯一的一幅处于消失边缘的油画。

二

托伦提乌斯的生活是现成的文学素材，它自行将风格强加于人，要求作家具有急速的、令人眩晕的叙事进程，尖锐的对比，巴洛克式的夸张，以各种矛盾的、显示变幻不定的情绪的艺术因素塑造主人公的形象，使其具有立体感——从毫无干扰的无忧无虑，沉湎于声色口腹之乐，直到刑讯室和灾难的恐怖。大有可为的题目。

读懂他的那幅孤零零的作品要困难得多。这幅画作本身是完整的，而与此同时又令人想起中世纪写在刮去了原有文字的羊皮纸上的手稿，想起精妙地编织成的链条，它通向黑井的深部，通向越来越多的新秘密——它吸引着，诱惑着人们的视线，令人误入歧途。

通常在这种情况下，让人觉得试图向任何人解释，说这幅画是杰作，几乎没有希望。艺术史家们不曾以名誉担保证实这一点，而我自己不知如何将一声压低的惊叫翻译成明白易懂的语言，当我第一次突然面对面遇到《静物画》，我感受到的是欢乐的惊诧，感谢上苍，让我体验到一种超乎一切的极度欣喜。

我想起了一个插曲，而此事发生在许多年前，离巴黎不远，在一座古老的、被改造为知识分子避难所的修道院，园林，园林里哥特式教堂的废墟。从地里伸出白色的、薄得像羊皮纸的墙壁残余，巨大的尖拱形窗户突出了他们的非现实性，如今冒失的鸟儿从窗口飞来飞去。既没有彩绘玻璃图案的窗户，也没有圆柱，没有穹隆，没有石头砌成的室内地面，仿佛是建筑艺术的表皮——悬在空中。大堂里面长满茂盛的异教的青草。

这幅画我记得比我的交谈者的面孔更清楚,此人就是嘲笑我钟情于绘画艺术的维托尔德·贡布罗维奇①。我甚至不曾替自己辩护。我含糊地嘟囔了些胡言乱语,心里明白,我只是个辩论对象,是作家用来锻炼自己雄辩肌肉的体操单杠。假若我是个天真的集邮家,贡布罗维奇也许会嘲笑我的邮票簿、集邮册、邮票系列,他曾证实,说邮票处于物质存在阶梯的最底层,道义上是可疑的。

"要知道,这毕竟毫无意义。怎能描述大教堂、雕塑,或某种绘画作品,"他毫不留情地悄声说,"您最好把这种游戏留给艺术史家们去做。他们也是什么都不懂,但他们硬是要人们相信,他们是在从事科学工作。"此话听起来令人信服。我很清楚,甚至过于清楚地了解描述活动所有的苦楚和徒劳,而且同样清楚,将光辉灿烂的绘画语言翻译成犹如地狱般容量大的、用来书写法庭判决和言情小说的平庸语言的举动,是何等狂妄。我甚至不很清楚,是什么促使我做出这些努力。我希望让自己相信,是我对一切都漠然视之的理想,要求我对它表示出笨拙的崇敬。

让贡布罗维奇受到刺激的——仿佛是——绘画艺术天生的"愚钝"。确实,没有一幅绘画哪怕是以通俗的方式诠释无论是康德,还是胡塞尔②抑或是萨特的哲学——后两人是贡布罗维奇喜爱的思想家,被他用作彻底摧毁早先受到他尽力愚弄的对话者的智力依据。

然而正是那种"愚钝"——或者说得委婉点,正是那种天真稚气,总是使我处于欣喜状态。由于绘画我领略到和爱奥尼亚③自然哲

---

① 维托尔德·贡布罗维奇(1904—1969),波兰著名现代派小说家、剧作家和散文家,是波兰荒诞派文学的杰出代表人物之一。
② 胡塞尔(1859—1938),德国哲学家,现代现象学的创始人。
③ 爱奥尼亚人是古希腊的四种居民之一。

学家相遇的恩惠。概念只从事物里发芽。我们用自然元素①的简单语言说话。水就是水，岩石就是岩石，火就是火。多么好，要命的抽象概念没有吸干现实的全部血液。

保罗·瓦雷里②曾警告说："我们胆敢谈论绘画，理应请求原谅。"我常意识到犯了不知轻重的错误。

托伦提乌斯的《静物画》完全是在偶然的情况下于一九一三年被发现的，所以是与此画的创作相隔正好三个世纪。画的背面有画家签署的花字，同时还盖有证明它是查理一世整套收藏品的组成部分的图章。

表示束手无策的惊愕是对这位画家的生活及其死后命运最适当的态度。对此我们毫无办法。自我决心对画家进行研究的时候起，我便希望能讲述许多同时也是我亲自参与的事件。难以克服的困难突然堆积如山，一些笔记（自然是有关他的）神秘消失，错误的信号，引入歧途的书籍。托伦提乌斯顽强地抗拒怜悯的记忆施舍。《带马嚼子的静物画》具有"在两极上"轻轻压扁的圆球形状，给人的印象是一面略微凹陷的镜子。由于镜面效应物体有了强化的、胀大的现实性。它们挣脱了引起纷扰的周围环境，过着庄严、恣肆的生活。我们凡夫俗子的实用主义的眼睛往往会模糊轮廓，只看到一缕缕朦胧暗淡的纠缠在一起的光线。绘画邀请对那些受到藐视的个别事物进行冥想，剥夺它们平庸的偶然性——一只普通的高脚杯含义比本身的意义更大，仿佛是所有高脚杯的总和——是整个品种的精华。

此画的光线独特——可怕的冷光，莫如说是医院的光线。它的光源位于绘画的场景之外。狭窄的一束亮光带着几何的精确性勾勒出物件的轮廓，但没有渗入到深部，停止在背景的光滑的、硬得像玄武岩

---

① 古希腊唯物主义哲学家所说的最基本的自然元素，指火、水、气、土四大元素，万物都由这些元素构成。

② 保罗·瓦雷里（又译梵乐希）（1871—1945），法国象征派诗人和理论家。

的黑墙前面。

看右边——文学描述有如很费劲地移动沉重的家具，在时间上缓慢进展，而绘画景象是突发的，有如在电光石火之间看到的风景——因此，在右边，有只黏土烧制的高水罐，涂上了一层暖棕色的釉，釉上停着一小团光线。中央有只称之为高脚杯的大酒杯，由厚玻璃制成，装了半杯葡萄酒。左边还有一只锡制的高水罐，带有刚劲地戳着的长嘴。那三件器皿排成一条线，面对观众，摆出立正的姿态，立在勉强标出的搁架上，架子上还有两只烟斗，烟袋锅朝下，还有一个画上最亮的细节——一张晒得发白的写有乐谱和歌词的纸片。而上方的那个物件起初我没能看出是什么东西，我觉得是挂在墙上的古老兵器的一部分，经过更仔细的观察，看出原来是用来制服特别烈性的马匹的链式马嚼子。这金属的挽具剥去了马厩的平庸，从黑暗的背景上显露出来——庄重，威严，阴森，宛如骑士团大团长的幽灵。

极其刁钻古怪的托伦提乌斯常常嘲笑那些渴望确立他的等级和在艺术史上的地位的研究家的努力。生活中容不下他，在教科书里寻找他也是徒劳，在那些课本里一切都有来龙去脉，一切都按照规范的模式安排。有一点是显而易见的，在自己的一代人中他是个完全特殊的现象，似乎没有明显的艺术前辈、竞争者、模仿者、学生。他是冲破了按学派和流派的公式化分类的画家。

显然是因此才赋予他"幻觉现实主义大师"的不太明确的头衔。这是什么意思？简而言之，就是把人、物件、风景画得活灵活现，栩栩如生，不仅与模特儿惊人地相似，而且简直是毫无二致。手下意识地伸出，渴望从画框里解放沉睡的生活。过去的大师们不仅吸引眼睛——而且唤醒其他的感官——味觉、嗅觉、触觉，甚至听觉。因此跟他们的作品接触的时候，我们便极其自然地感觉到——铁的酸味，玻璃冰冷的光滑，桃子和维留尔绒的绒毛呵痒，黏土烧制的水罐的温和暖意，预言家们冷漠的眼睛，古书的芳香，行将到来的暴风雨的气息。

托伦提乌斯作品的结构是简单的，几乎是清心寡欲的。他的油画建立在横向的和纵向的轴心上，也就是依据十字图形，对于那些形式分析的信徒，可能是绝妙的素材，符合他们对平行线、对角线、正方形、圆形、三角形的略有点死板的探索。但在此种场合，这些努力似乎都少有成效。开头伴随我的是一种不可抗拒的印象，觉得在该画静止的世界发生了更多的事，有某种非常本质的东西。想象出来的物件仿佛结合为有意义的综合体，而整个结构包含作者寄语，可能是用已经被忘却的语言的字母拼写出来的咒语。

《带马嚼子的静物画》对于许多艺术史家来说，是一系列极其普及的寓言中的一个寓言，也就是——虚空①的寓言。对此可以表示赞同，因为有谁胆敢反对声言"凡事都是虚空"的传道者呢？然而这简单的诠释似乎过于肤浅，过于笼统。

比方说，如何解释画中空前大胆的"超现实主义"搭配？威严地悬挂在三位一体器皿上方的马嚼子意味着什么？而主要是那张带有乐谱和歌词的纸片意味着什么？或许在这里恰好需要寻找作品隐藏的涵义？

荷兰语书写的歌词是：

E R Wat buten maat bestaat
int onmaats qaat verghaat.

歌词开头使用的缩略语可以读作蔷薇十字骑士，这使我们找到旧踪迹，也就是设想，托伦提乌斯到底还是蔷薇十字骑士会成员。其实这不是任何证据。画家接受蔷薇十字骑士会某个成员的订货，依照他的指令，同样能很好地画出这幅画。同样在中世纪绝大多数祭坛的构

---

① 原文为拉丁语，见"传道者说：虚空的虚空，虚空的虚空，凡事都是虚空"（《圣经·旧约》"传道书"第1章）。

图都是根据神学家们的精确指示产生的,他们向创作者提出场景配置、象征物,甚至对色彩的要求。保存下来的契约有力地证明了这一点。

格言诗,尤其是那些可以假设为秘传的文本,应该解释,而不是逐字逐句地翻译,换句话说,应该沿着含义的阶梯,小心翼翼,踮着脚尖儿接近它们,因为一字不差的直译,会使含义变得贫乏,惊散神秘。

以下便是我对列入托伦提乌斯画中的那个文本的理解:

> 大凡存在于限度(秩序)之外的一切
> 都会在超限度(无秩序)里找到自己的坏结局。

我很清楚,这是各种可能出现的翻译之一,与要求做更深刻思考的内容丰富的原文相比,显得相当平庸。但是表面上显而易见的事不应使人放弃这种译文。凡是接触过毕达哥拉斯①的信徒或新柏拉图主义思想的人,都很清楚,数、度量单位符号、寻找使人和宇宙融为一体的数学公式,凡此种种象征物在这些流派里起着多么大的作用。

歌词的思想结构建立在和谐与混乱,即有理性的形式和无定形的物质二律背反上,这种无定形的物质在许多宗教的宇宙论中是等待上帝的创造活动的昏暗材料。在伦理范畴,托伦提乌斯的《静物画》根本不是——如果我的假设正确的话,寓言*虚无*②,而是最主要的美德之一,即所谓中庸,*温和,节制*③的寓言。想象的物件提供的正是这

---

① 毕达哥拉斯(约公元前580—约前500),古希腊数学家,曾率领弟子组织一个"联盟"来宣扬神秘宗教和唯心主义,在西方首次提出勾股定理,以及对奇数、偶数和质数的区别方法。他把数的概念神秘化,认为"凡物皆数",意即数是事物的原型,也构成宇宙的秩序。
② 原文为拉丁语。
③ 原文为拉丁语。

样的注释——马嚼子，激情的辔头，赋予无定形液体以形状的器皿，还有只斟到一半的高脚杯，似乎令人想起希腊人可嘉的习俗——葡萄酒同水混合。

可见我有理由，认为我对托伦提乌斯的油画的解释是非常合乎情理的。它难道不是清楚明白、逻辑严密的吗？它只有一个缺点——正是那种可疑的简朴。

那时写在画上的诗句让我寝食难安，油画具有石头的凝聚性，圣礼仪式的庄严肃穆。为了深入到它的哲学源泉，我开始翻阅那些与画家同时代的密传作家的论文，主要是约翰·瓦伦丁·安德烈的——《兄弟情谊和信仰》①，它们是认识蔷薇十字骑士团学说的基础，继而翻阅英国医生，在普及蔷薇十字骑士团的思想方面功勋卓著的罗伯特·弗拉德②的作品，炼金术士斯图迪翁的奇异而又复杂的书，此人曾寻找过神秘圣殿的理想尺度，当然还有雅各·伯梅③和霍恩海姆的泰奥弗拉斯·邦巴斯图斯④的作品。

开头阅读那些深奥的书籍有种大奇遇的味道，是沿着不习惯的思想的遥远异国的神奇漫游。哲学家们的灰色抽象概念取代了美好的象征和画面，所有的一切相互结合在一起并朝着期望的统一方向发展，而世界却变得轻松和透明。只要接受随便什么贫乏的前提，只要学会暗语，不问定义，信赖方法。服从，意味着——坚信不疑。这是多么奇怪，最蒙昧的思想控制就这样发生了。

我大概曾拥有足够的耐心，甚至善意，却缺少谦卑。是我多疑的魔鬼使我谨防冲动和感悟的恩惠。我说此话没有自豪感，却带有一点

---

① 原文为拉丁语。
② 罗伯特·弗拉德（1574—1637），英国著名医生，以汇编神秘哲学出名。
③ 雅各·伯梅（1575—1624），德国神秘主义者，灵知派和宗教哲学家，被认为是第一位用德文而不是用拉丁文写作的德国哲学家。
④ 泰奥弗拉斯·邦巴斯图斯（1493—1541），生于瑞士，瑞士的炼金术士、物理学家、天文学家，在德国的巴登—符滕堡州的霍恩海姆生活和活动。

点遗憾。最后只剩下冷静的欣赏。我尚未承赐开始研究，就被特选人士方能接触的机密推开，我低低落到了审美家的地狱。那些解放了的思维结构确实很美——令人眩晕的精神金字塔，空中楼阁，带反射镜的寓言迷宫，珍稀的动物和宝石，绿色的碧玉——辉煌文明的标志，蔚蓝色的蓝宝石——真理的象征，金灿灿的黄玉——体现的是和谐。

那种在古老论文中的漫游完全不是徒劳无益的。我从中得到几个重要信息。众所周知，各种教派、各种秘密同盟都把自己的教义建立在闪耀着古老传统魅力光辉的预言家——创始人的学说基础上。对于蔷薇十字骑士团成员来说，这个创始人便是德意志贵族、灵知游侠、基督教徒罗森克鲁斯，他在去圣地、大马士革、非洲和西班牙游历时，在阿拉伯智者那里获得了有关终极事物①的知识。跟预言家的身份相称，他很长寿，因为他活了一百零七岁（一三七八至一四八五），他返回祖国后，建立了一个小小骑士团，专心从事通灵术的研究。传说团长死后一百二十年，发现他那保存在地下陵墓的遗体一点也没有腐烂，陵墓具有礼拜堂——圣殿的形状。对这座已没有留下痕迹的圣所的描写，犹如沿着想象的象征物博物馆漫游的指南。除了大量祭祀物品、塑像、碑铭，一旦非接触机密的人靠近就会熄灭的长明灯、古书、地板上复杂的几何图形、精美的拱顶之外，同时还发现了镜子，镜子上有以神奇的方法固定住的美德象征——也就是作为托伦提乌斯的油画内容的东西。蔷薇十字骑士团几十年过着隐秘的地下经堂的生活。在此期间人们急如星火地寻找有势力的靠山——王公和学者，建立国际"香堂"，举行秘密集会，出版匿名刊物。他们的谨慎小心是有根据的。因为有人指责骑士团跟坚决与罗马为敌的宗教改革关系密切，同情阿拉伯和犹太世界，计划推翻现存的社会秩序，这一切，显然是跟不洁势力联系在一起。

经过长期的潜伏之后，蔷薇十字骑士们认为已经到了实现改变世

---

① 即宗教里有关死亡和人生意义的终极真理。

界的适当时机,决定开展大规模的公开活动。此事发生在一六一四年。在这个时候出现了著名的抨击性文章,*整个广大世界普遍和一般的宗教改革运动*①。《带马嚼子的静物画》标明的不迟不早正好是这个日期,难道仅仅是偶然的巧合吗?

我就这样结束了有关托伦提乌斯的研究的第一种异说。我把手稿藏进了抽屉里。我暗自计算,时间将对我有利。对困难的题目进行深入研究要求具有炼金术士的耐性。

数年之后,完全出乎意料,未经任何努力,我收到一份邮件,带有关于我的画家的简短、非常有学问的论文的单印本。这是上天和人的友善的真正礼品。从荷兰寄出的书信毫无意义地在许多国家漫游,落到我的手中时情况糟糕透顶。书页粘连或被撕掉,纸张上带有油渍,印刷的字迹模糊。我不知道,是谁如此折磨这无辜的作品——大概是偷看别人信件的官方人士,而不是使我免于去做那种奴仆杂事的绅士。所幸的是文本是双语的,在克服了某些麻烦之后我能读懂它的内容。我无法摆脱一种感觉,那就是谁落入托伦提乌斯的圈套,谁就不得不准备对付一切不快。

论文的作者——荷兰的艺术史家和音乐学家,彼得·费希尔,作为行家,他破天荒第一次注意到《静物画》的音乐方面,注意到那些曲谱,列入油画的小总谱。迄今普遍认为,这是装饰成分,普通的点缀物,认为在曲谱和安置在低一点地方的文本之间没有任何联系。费希尔证明,这种联系是存在的,应该去揭示它,以便更好地理解作品的意义。

有件事确实令人诧异,为什么谁也没有注意到托伦提乌斯两句诗的文本中明显的错误?所有人,是的,所有人都读过 quaat(恶)这个字,尽管在油画上清清楚楚、白纸黑字写的是 qaat。也许可以说,

---

① 原文为德语。

画家在拼写上功夫不怎么到家，假如不是存在这样一个事实，那就是位于这个字上方的乐谱是破坏了和声学的（"h"而不是——应有的"b"）。因此这是着意为之的，完全是有意识的拼写和音乐的双重错误，是破坏语言和曲调的原则，象征性地扰乱秩序。在中世纪这种作曲家—道德说教的手段有个名称，叫*音乐中的妖术*①——通常伴随*违章*②这个词。

费希尔对两行诗文本本身的解释，似乎不怎么有说服力。作者认为，这个作品开头的缩略语 E R 意思是*额外的理由*③，这促使他进一步做出大胆的假设。一个曾向世界提出挑战，拥有如此荒唐生活的画家，不可能是拘谨的赞美者。《带马嚼子的静物画》应该理解为表面寓言中庸，而实际上，虽然以极其巧妙的迷彩方式伪装，表达的却是对高踞于大群怯懦市侩之上的挣脱了束缚的人的赞美。

在英国的*国家博物馆*④目录中，我找到了对托伦提乌斯画中那首令人不安的诗的另一种解释。这不是逐字逐句的翻译，但却是理解奥妙文本的一种可能的尝试：*"凡是非凡的东西都有个非凡的恶的命运"*⑤。这意思过于明确，相当平淡，不知为何赐给画家预言家的天赋——预感到自己不祥的结局。

最后还应提出一个问题：托伦提乌斯的作品——如此完美的感性艺术，经典地自成一体——是否真的期望复杂的解释，这类解释往往超出他的自主世界范围之外。是什么精神——坏的还是好的，睿智的还是疯狂的——曾鼓舞过画家的工作，对我们而言完全是无所谓的事。毕竟绘画不是靠秘传的书籍或论文的反光而活。绘画有自己的光线——不言而喻的明亮的穿透一切的光线。

---

① ② 原文为拉丁语。
③ 原文为荷兰语。
④ ⑤ 原文为英语。

已是跟托伦提乌斯分手的时候了。我研究他的时间够长，足以让我怀着纯洁的良心承认自己的无知。我疑心，我在自身发动了防御机制，似乎是担心，从一个实在是充满悲剧的故事最终浮现出的是个平庸的冒险家形象。我不想发生这样的事，于是我收集证据，以便说明他是个仅靠堪佩获得殉难者棕榈冠的执拗，系统地冲破了一切尺度和公式的非同凡响的人物。

他给我们遗留下拘谨的寓言——一幅循规蹈矩、充满自觉和条理清晰的作品，似乎与他那疯狂的生存经验背道而驰。然而只有没受过教育的无知者和幼稚的道学先生才会要求艺术家生活和作品模范的和谐。我们恐怕永远也不会知道，他真正是个什么人。是政治阴谋的牺牲品？罪与罚的惊人不成比例，诉讼程序的反响，外交干涉，似乎都表明了这一点。那些受诱惑失足妇女的丈夫和父亲的报复心理竟然有可能导致法庭的屠杀吗？他跟蔷薇十字骑士团成员的关系究竟如何？不能完全排除，他那些荒唐行径是混淆视听的策略，是掩盖骑士团成员秘密活动的假面具。或许他是个特殊的*倒着来的*①苦行者——不仅是在俄罗斯的长篇小说中常有这种人——通过堕落和罪恶走一条绕远的路达到最高的善。

这么多的问题。我不能解开密码。令人纳闷的谜一般的画家，一个不可思议的人物，开始超出根据微量文献资料寻根问底的计划——走向朦胧的幻想范围，走向讲童话者的领域。到了跟托伦提乌斯分手的时候了。

别了，静物画。

晚安，被砍掉了的脑袋。②

---

① 原文为法语。
② 暗指画家托伦提乌斯最后还是被枭首。

非英雄题材

荷兰绘画用多种语言表意,讲述地上和天上的事,其中只缺一件事——缺乏对自己历史的颂扬,缺乏永留对失败和光荣时刻的纪念。而毕竟这是一部充满了戏剧性插曲的历史——起义,恐怖,围困,同如此强大的对手作斗争,诸如英格兰、西班牙或法兰西。

如果荷兰画家画战争题材,就去画光明和黑暗的战争,也画运河平静的水波同岸边孤单的磨坊的战争,画夕阳西下时分玫瑰色天空下的滑冰场,小酒馆内部,喝醉的男人在那里打架,画读信的姑娘。假如没有任何别的信息流传到我们的时代,就可以认为,这个低地国家的居民确实曾过着甜蜜的生活——食不厌精,酒足饭饱,从不轻慢快活的伙伴。我们会徒劳地寻找向后人展示处决霍尔恩①和埃格蒙特②、英勇保卫莱顿的战争、阴谋杀害称之为沉默者的威廉·奥兰治公爵的杰出画家的作品。

欧仁·弗罗芒坦在自己美好的著作《昔日的大师们》中注意到一个不同一般的事实——在那些充满历史事件的时代,"一个年纪极轻的人画了一头在牧场上放牧的公牛,另一个人为了使自己当医生的朋友高兴,画了一幅朋友在病理解剖室工作的油画,他在一群学生的

---

① 霍尔恩伯爵(1518?—1568),尼德兰大贵族,为尼德兰人的自由而斗争的战士,被西班牙占领军当局特别法庭判处死刑,被枭首。
② 埃格蒙特伯爵(1522—1568),尼德兰反对派领袖,反对西班牙统治,被判处死刑。歌德以他为原型创作了悲剧《埃格蒙特》,贝多芬为话剧谱写了序曲。

环绕下，拿着伸进尸体肩膀的解剖刀。这两幅油画，使画家的姓氏，他们的学派，他们的时代和他们生活的国家享有不朽的光荣，万古流芳。在绘画上究竟是什么赢得我们的嘉奖？或许是艺术的尊严和真实？不是。也许是伟大？有时是。也许恰恰是美？永远是美"。

这段话说得很漂亮，但也产生了疑问，荷兰绘画的和平主义精神能以纯美的标准解释吗？那种特别厚爱日常生活场景，规避激起爱国情感的战争题材的原因何在？似乎，这里包含的问题要深刻得多，需要寻求形成民族心理的历史襄助。

这里让我们回顾荷兰解放斗争中一段最著名的插曲——莱顿保卫战，正如当时的编年史家埃马鲁埃尔·凡·马特伦①所描述的那样：

阿尔瓦公爵②统治六年，恐怖和暴力的统治没能摧毁尼德兰人的反抗。尤其是北方顽强地自卫。奥兰治公爵借助雇佣军组织了反对西班牙的武装征战。战斗的命运变幻无常。经过哈勒姆的长期英勇的保卫战之后，弹尽粮绝，不得不向阿尔瓦的军队投降，但是侵略者没能夺取阿尔克马尔，不得不丢脸地解除对这个城市的围困。

再说，在尼德兰，战争并非跟平常那样按照在大平原上决战的传统仪式进行，也就是说，在决战后已是只有胜利者和乞求怜悯的人。莫如说这是普遍哗变，全民总动员——农民、市民、贵族一致反对西班牙的强权。像烈火在各地烧起，熄灭，重新点燃。经常遇到突然进攻的强大干涉军，无法实行决定性的打击。

在战争活动的开头，某个西班牙军官，没有意识到命运的挑战，把尼德兰起义者称之为乞丐（les gueux③）。那些爱国者原来是严酷的对手，不可征服。森林和海上的起义战士，尤其是后者，民间歌谣将

---

① 埃马鲁埃尔·凡·马特伦（1535—1612），荷兰编年史家。
② 即费尔南多·阿尔瓦雷斯·德·托莱多（1507—1582），西班牙贵族，军人和政治家。他是国王腓力二世最信任的将领。1567—1573年任西班牙驻尼德兰总督和驻军总司令，极力镇压尼德兰起义者，手段残酷，1573年末大败，被撤销职务。
③ 西班牙语，意为乞丐，即指16世纪为反对西班牙统治而战的尼德兰爱国者。

世世代代颂扬他们的勇猛，他们攻打敌人的护送队，甚至夺取海港，将西班牙人员斩尽杀绝。"红太阳在荷兰上空燃烧，"当时的一位诗人这样写道。

一五七三年末，西班牙国王腓力二世①撤销了阿尔瓦公爵驻尼德兰西班牙军队总指挥的职务，这意味着失宠；恐怖政策总是而且到处表现为盲人的政策。阿尔瓦公爵的继任者唐·路易斯·德·雷克森斯②试图以宠信举动、税收优惠、大赦，赢得起义者好感，但丝毫也不肯放弃让不屈不挠的北方下跪。

一五七四年五月，西班牙军队兵临莱顿城下。该城的市政长官做出了一致的自卫决定，公布了一系列军事和行政命令。首先调整、解决了食物的公平分配问题。在围困的头两个月期间，每个莱顿居民得到半磅面包和牛奶（如精细的编年史家所述，提取了奶油的脱脂乳）。当时莱顿不是个大城市。它具有某些乡村的特点，比方说，有大马厩和养着七百多头母牛的大牛栏。人们以非常机灵的方式解决了饲料问题：利用西班牙人的疏忽大意，他们把牲口赶到附近的牧场；只要一响起战争的枪声，那些牲口便拼命往城里跑，这样一来，在整个围困期间只损失了一头母牛和三头心不在焉的牛犊。

西班牙军队指挥官瓦尔德兹③将军，等待着城市会由于饥饿或中了圈套自行落入他们的手中。看起来，他似乎更相信外交而不是大炮；至少在冲突的开始阶段是如此。那时他致函城市保卫者，信中写道，他们可以指望他的宽容大度和谅解，保证西班牙军队不会在城市长久驻扎，而在信的末尾阴险地论证说，献出要塞不会给任何人带来屈辱和荣誉损失，可是武力夺取会使倒霉的守卫者不幸蒙羞。

---

① 腓力二世（1527—1598），西班牙国王，1556—1598年在位。
② 唐·路易斯·德·雷克森斯（1528—1576），西班牙政治家、外交家。
③ 瓦尔德兹（约1530—1595），西班牙海军上将，全名为迪埃戈·弗搏雷斯·德·瓦尔德兹。

徒劳的努力。莱顿居民决心坚持崇高的抵抗。作为答复，瓦尔德兹将军从他们那里收到一首拉丁文的小诗，翻译出来的意思是：

> 捕鸟者的长笛诱惑不断，
> 在鸟儿没有落网之前。

自九月份开始，也就是坚持斗争四个月之后，城市的情况变得日益危险。任何人已不再想起俏皮的小诗。守卫者再次收到投降的建议，这一次他们回复了一封激昂慷慨的书信："阁下把贵方的全部希望寄托于一点，即我们都已是饥肠辘辘，而且从任何地方都没有派遣人马来给我们解围。贵方把我们称为吃猫狗度日的人，但是只要听到城里母牛的哞哞叫声，就会知道我们还不缺乏食物。即便有一天我们将缺乏食品，毕竟我们每个人都有一只左手，我们可以将它砍下，同时保存右手，为的是将暴君及其血腥的寇群从城市的大墙下赶走。"

莱顿城下，如同特洛亚城下一样——传播着指挥官们的言论，闪电般的反驳，置人于死地的辱骂。这整个措辞华丽的演说术仿佛是为将来的历史课本作者准备的。真实情况是毫无诗意的、平庸的和灰色的：还能坚持一个月，一个礼拜，还能坚持一天。

在城里感觉到的是折磨人的缺钱。那时决定使货币制度顺应特殊的形势，也就是发行特别的纸币，它只有在围困期间才能保有自己的价值。这些新的支付手段用鼓舞人心的口号作为点缀——用拉丁文题词"*为自由坚守*"①，狮子肖像和一句虔诚的叹息："上帝，救救莱顿。"

然而，对所有人来说，显而易见的是，只有外援才能挽救城市。伤脑筋的是饥饿越来越严重，已经没有面包，每个人还能分配半磅肉，也就是羸弱的牲口的皮和骨头。人们在捕捉狗、猫和耗子。

---

① 原文为拉丁语。

祸不单行的是城里爆发了传染病。它在短短的时间内吞噬了六千牺牲者，也就是城市的一半人口。男人们是如此虚弱，以致无力在城墙上放哨，而当他们回到家里时，经常遇到的是死去的妻儿。

仿佛这些不幸还不够，莱顿城里爆发了风潮和骚乱。编年史家神秘地说到不和、抱怨和相互敌视。我们能容易猜到，这些婉转的说法背后隐藏的是什么。简而言之，这是城市贫民的暴动，他们最深刻地体验到围困的重负。对于他们只有一种抉择——饿死或者是奴役。他们选择了后者。

市长召开了城市全体居民大会。他在慷慨激昂的讲话中公开声称，愿奉献出自己的躯体，让饥饿的人们吃饱。所幸的是，这声明得到应有的理解，就是说，不是作为具体的建议，而是一种修辞风格。

国会，同样还有荷兰军队总指挥，威廉·奥兰治公爵——他的总指挥部设在附近的德尔夫特——大家全都十分清楚，莱顿的形势岌岌可危，奥兰治陆军过于虚弱，不能开来解救城市，在轧平的土地上跟敌人作战。海军舰队是尼德兰军队最强大、活动效率最高的部分。但是存在着一个大难题：莱顿不是海港，它位于大陆的深部。需要——听起来几乎是变魔术——借助水的自然力。

于是非常周密地制订了挖开防护堤及拦河坝的计划。荷兰的运河体系令人想到水上迷宫，胆敢跨过它的界线的勇士就会遭殃。决定淹没大片耕地和牧场终究是悲剧性决定。人们用民间智慧，农民的谚语自我安慰，古老的农民谚语说，在这种极端的情况下，让土地变得贫瘠比永远丧失土地强。

在鹿特丹和其他海港的造船厂，狂热的工作在沸腾。的确是值得惊叹的事，甚至对于我们这些技术时代的人来说，造船的速度之快，也足以让我们头晕目眩，造出的船只将参加解救莱顿的军事行动。整个舰队由二百艘吃水浅的艨艟战船组成；靠风力或船桨行驶，都装备了火炮，还有全部必要的作战物资。

现在一切都以不可预知的因素，也就是天气为转移。开头刮的是不利的北风，但是很快便开始刮起期待的西南风，大量的水穿过堤坝上的豁口朝莱顿的方向涌流。自然力的攻势发生在军事进攻之前。

完全出乎敌人的意料。诚然，西班牙人曾尝试控制形势，匆忙修整挖开的堤坝，但是荷兰的艨艟战船已开始冲锋，所有的火炮一齐开火。在水不够深的地方，全体人员都跳下船，推着船朝敌人的壕堑方向前进。对巴洛克画家来说，这是宏大的题材。假如鲁本斯去画这场战役，肯定就会将它画成波塞冬①跟下界神祇的战斗。

西班牙军队无法利用自己数量上的优势，也不能利用战术技巧。在深及膝盖的水中对抗舰队的陆军战斗纯粹是荒谬。剩下的只有一个出路——匆促撤围和可耻地撤退。一五七四年九月三日清晨八点，前来解围的荷兰指挥官路易·博伊索特海军上将，进入城市的大门，受到热烈欢迎。

经历了那些苦难和光荣的日子，今天的莱顿留下了什么？在古老的法国梧桐阴影里，立着英勇的市长彼得·阿德里亚安什·凡·德·韦尔夫的塑像。他肩上披着大衣，就像是平常去参加市政会议那样，只是腰间的长剑证明，当时解决的是生死问题。还有一座公园里古老的高塔，在围困的最后一夜西班牙火炮剥去了墙上的一大块砖石。保存下来的还有一栋用鸟儿图案装饰的纪念那些日子的漂亮房子。住在里面的三兄弟：扬、乌尔里希和威伦，他们的职业是城市音乐家，而爱好是饲养信鸽。在围困期间他们扮演过特别重要的角色。他们几乎成了政府机关，而且是双重意义上的机关——既是邮政部，因为在当时的条件下，他们跟外部世界维持着唯一可能的联系，也是宣传部，因为鸽子是不知疲乏的希望大使，它们不停地向守卫者允诺即将到来的解围。

在莱顿博物馆有幅巨大的美术挂毯，上面展示了荷兰舰队向西班牙人的壕堑进攻。挂毯表现的是用地图绘制员的眼睛看到的场景——

---

① 波塞冬，希腊神话中的海神。

用河流及运河的蓝色线条分割的辽阔绿色平原,在那些河流及运河中,小得像昆虫一般的人们奔忙不息。从上帝的视域看到的历史。

在这同一个博物馆里既没有火炮,没有敌人的旗帜,也没有残缺不全的宝剑和劈开的头盔———一言以蔽之,我们在别的欧洲收藏中能找到的用来纪念过往伟大事件的整个可贵的旧货堆全都没有。可是在最显眼的地方挂着一件特别的战利品———一只给士兵煮食物的巨大铜锅,那是西班牙人在逃跑时仓促丢下的。锅,作为回到正常生活的象征,或者,如果有人愿意说,是作为胜利的象征。

荷兰人在为独立而斗争的八十年中,提供了不可胜数的勇猛、顽强、果断的证据。但是这漫长的战争不同于在欧洲进行过的别的任何一场战争。这是两种不同的人生理想,两种价值体系的冲突,如果能带点夸张地说,是两种完全不同的文明的碰撞:西班牙人代表的贵族—军事文明跟尼德兰人的市民—农民世界南辕北辙。

值得援引某个具有典型意义的细节。有位莱顿保卫战的编年史家带着明显的满意说,在突击期间,毁掉了与城市直接相邻的堤坝,牺牲的只有五六个人。如此微不足道的牺牲数字也许不会引起其他欧洲史学家的注意。

对于荷兰人来说,战争不是美好的行当,不是青春的冒险,不是大丈夫人生的加冕。他们投身战争没有意气风发,但也没有抗拒,就像去跟自然力作斗争一样。在这种行为准则里没有表现英雄豪迈和在光荣的战场壮烈牺牲的余地,相反,人们关心的是挽救、保护、顾惜生命,是从暴风雨中带出健全的脑袋和财产。

于是人们便以智慧、精确的商人计算,组织才能,还有谋略对抗西班牙干涉军残忍的暴力。不错,这不是骑士的美德。倘若荷兰人仿效史诗中伟大英雄的榜样,肯定离他们更近的是奥德修斯而不是阿喀琉斯。

其实无须一直追溯到古希腊神话。荷兰社会的结构和特点做出了许多解释。在荷兰，战士没有形成享有盛名或者享有特殊威望的独特社会阶层。贵族，在欧洲其余部分构成了具有悠久传统的军官团，在共和国没有起到多大的作用。一个年轻人，作为士兵应征入伍，他的背包里携带的不是（如果可以使用这个古词）权标，而是穷人苦涩的面包，看不到命运微笑的任何前景；伤员或是病人最常见死于某个瘟疫猖獗的阴森的野战医院。老战士常在城市的街道上行乞。

荷兰没有固定数量的常备军队。军队不像在古罗马人那里是培养公民精神的学校；同时国家的威望不在于军队，而在于完全是别的什么事情上，从而对待武装力量采取纯粹是功能主义的态度：在战时陆军数量略微超过十万士兵，和平时期常降到两万人。

在共和国的军队里外国人占优势；陆上武装力量大部分由外国雇佣军构成（只有舰队是"纯"荷兰的）。简而言之，战神的儿子们是花钱购买来的。围困塞尔托亨博斯[①]时，在解放斗争决定性阶段，总督弗雷德里克·亨利克指挥的军队包括三团荷兰兵（其实他们根本不是志愿兵）和十五团弗里斯人、瓦龙人、德意志人、法兰西人、苏格兰和英格兰人雇佣兵。加之这些杂牌军都没穿制服。头盔，铠甲，有时还有识别部队番号的肩带——所有这一切跟法兰西或意大利军人鸟羽似的绚丽豪华相比较，无不显得非常灰不溜丢，没有什么值得画的。

战争的回忆迅速淡化。凡是订购画作的人——船长、农民、商人或手艺人——都想在画中看到的首先是他自己和环绕他的世界：房屋的内部，利用洗礼或婚礼的机会一家人聚集在那里，栽种了树木的乡村道路，正午太阳的光辉投射到树上，大平原上故乡的城市。

可见这是不怎么爱国的绘画艺术，如果我们想把"爱国主义"这个词理解为对过去的、目前的，甚至潜在的敌人不共戴天的仇恨。

---

① 在荷兰北布拉邦特省，是该省的省会。

荷兰人没有给我们留下表现深仇大恨的画作,在那种画上被征服的敌人给拖在胜利者的战车后面,淹没在蔑视的尘土中。

但荷兰人还是很喜欢绘画海战。这种海景画的经典例子就是亨德里克·弗鲁姆①的著名作品《一六〇七年四月二十五日直布罗陀会战》。在前景上荷兰军舰的舰首插进了西班牙旗舰的舰身。要是说句不知轻重的话,这幅油画充满了戏谑的细节———一道道红色和黄色的爆炸长尾,人,桅樯的残骸,或在空中飞舞,或在没入大海,成千上万细小的零碎物件都是以微型画家的精确性画出的。而这一切都像通过望远镜从远方的配景中看到的,远景吞没了恐怖和激情。会战变成了一场芭蕾舞,变成了多彩的仙境剧。

邦雅曼·贡斯当在写给斯塔尔夫人的一封信中赞赏荷兰的历史与欧洲其他国家的历史如此不同:"这个英勇的民族从来不对自己的邻居宣战,从来不曾袭击、毁灭、掠夺他们的国家。"(贡斯当用微妙的沉默回避了那些殖民征战,但是他说的仅仅是邻居)或许法兰西作家的这条意见突出了荷兰人性格的某些本质特征。有人曾说过:"荷兰是伊拉斯谟的宗教②。"如果说鹿特丹哲学家的精神享有对这个小民族的支配威力将不是过分的夸张,伊拉斯谟把中庸与温和看得高于一切。

某个冬日的上午,我在柏林的绿森林散步的时候走进了猎宫。很早以前我就知道,那里收藏有弗兰芒及荷兰的绘画。我到那里看看在某种程度上是礼节性的拜访,不曾期望任何意外的新发现。我预感到,将会看到又一个平庸的收藏(啊,伟大学派二流画家的索然寡味!)——用来挂在许多大贵族府邸墙上的成套肖像画,狩猎场景,

---

① 亨德里克·弗鲁姆(1562/1563—1640),荷兰黄金时代画家,荷兰海事艺术或海景画的创始人。

② 原文为法语。

静物画。

　　果然如此。但我并不后悔这次造访，因为我发现了早已在那么多有代表性的画廊和博物馆寻找过的东西。这幅油画根本不是杰作，但是它的标题吸引了我的注意力：《荷兰共和国的寓言》。此画出自雅各·阿德里安斯·贝克①的手笔，他为自己的劳动获得了一笔数目不小的酬金—— 从当时的联合省总督弗雷德里克·亨利克手中拿到三百弗罗林。因此，这幅作品可称之为官方的。

　　油画展示了一个年轻姑娘，穿着色彩鲜艳——红色、蓝色、闪闪发亮的珍珠白的服饰。模特儿有一副非常像村姑的外表：红扑扑的牧女面颊，丰满圆润的肩膀，雕像般优美的双腿，牢牢地立在地面。画家在这质朴、自由和天真无邪的化身之上又添加了沉重的战争标志：插有漆黑羽饰的头盔，一只手上拿着盾牌，另一只手上握着歌剧里的长矛。这正是此油画最令人折服之处：庄重的题材和简朴的表现方法两者之间的矛盾；宛如在集市上由一个乡村剧团演出的历史剧。这个舞台上的女主人公无论如何不会令人想起"引导人民走向街垒的自由"。很快她就会抛弃无聊的故作姿态，离开这舞台，回到牛栏或干草垛旁从事自己日常的一点也不悲壮的工作。

　　自由，关于它人们写了那么多论文，使之变成了一种苍白的和抽象的概念，对于荷兰人来说它是某种简单的东西，犹如呼吸，犹如看到和触摸物件一样简单。无须给它下定义，也无须美化。因此在他们的绘画艺术中没有区分伟大和渺小，重要和无关紧要，庄重和平凡。他们画苹果、绸缎商人的肖像、锡盘、郁金香，怀着如此坚韧的热爱，以致阴世的画面和有关阳世胜利的吵吵嚷嚷的故事在他们那里全部都黯然失色。

---

　　① 雅各·阿德里安斯·贝克（1609—1651），荷兰画家，擅长绘画人物肖像、古典人物肖像。

伪 经

刽子手的慈悲

扬·凡·欧登巴讷费尔德①的许多肖像画中我喜欢（由一个不知名的大师所画）这一幅，画上把大法官画成了一个老人，而甚至连绘画材料本身似乎也带有衰败的标记——霉层，尘土，蛛网。这不是一张俊美的面孔，但富有表情，充满了高尚的力量：非常高的前额，不怎么端正的肉头鼻子，一部元老派头的胡须，两道浓眉下一对睿智的眼睛，眼睛里闪现出被围困者绝望的毅力。

任何一个历史学家都不会否认，凡·欧登巴讷费尔德曾是新共和国最功勋卓著的缔造者之一，曾有人把他称为荷兰的辩护人。这位出身市民阶层，代表市民利益的首席大政治家，比其他任何人都更善于保护年轻国家的权益。他曾跟西班牙、法兰西和英格兰的强大君主们进行谈判，多次起草有利的停战协定、和平条约、同盟条约，在自己生命的四十年中他曾孜孜不倦地忠诚为祖国服务。可是在临近晚年的时候，他的政治能力开始令人失望。凡·欧登巴讷费尔德犯了一些基本错误，其顶点是做出"严厉的决定"，授权一些城市自行招募不服从共和国实际指挥官奥兰治公爵命令的雇佣军部队。国家处于内战边缘。

凡·欧登巴讷费尔德不仅失去了对形势的判断能力，而且也丧失了自我保全的本能。他不明白，或者是不想明白，他的一小撮追随者

---

① 扬·凡·欧登巴讷费尔德（1547—1619），荷兰律师，大法官。因支持地区自主权被拘捕和处决。

已风流云散,所有的一切——总督、国会、城市都站在了自己的对立面。在从办公厅回家的路上,他满不在乎地践踏针对他的谤文和传单;他不听朋友们力劝他让步和出国的意见。他就像一只衰老将死的大乌龟躺在沙里——越陷越深。

结局是不难猜到的,只是对他本人而言是出乎意料的。他被逮捕了,经过好几个月的审讯之后,他站在了主要是由他的敌人组成的特别法庭面前;不准他请辩护律师,他顽强地维护的与其说是生命莫如说是荣誉。

情节进展的时间——一六一九年五月十三日。地点:海牙,宾内霍夫①——砖红色的,哥特—文艺复兴式的戏剧布景。在那个庭院里匆匆建起了木结构断头台,还撒上了沙。傍晚时分。赫利俄斯②的喷火快马曳引的太阳车——就像辞藻华丽的诗人们所说的那样——正向西方驰行。将犯人带上刑场时,人群沉默不语。凡·欧登巴讷费尔德急于赴死,他催促行刑者说:"你们快干你们要干的事。"

就在那时,发生了一件远远超出执行死刑仪式的事,超出所有已知的行刑仪式的事。刽子手把犯人领到一个还有光线的地方,说道:"这里,大人,您将有太阳照在脸上。"

这里可以提出一个问题,砍掉大法官脑袋的刽子手是不是个好心肠的刽子手?刽子手的善良在于他执行自己的任务迅速、准确,在某种程度上不受个人情感影响。有谁比他更配得上命运、定数的无声闪电的僚属的称号?他的美德理应是沉默和矜持的冷漠。理应做到手起头落,一刀毙命,没有仇恨,没有同情,没有激动。

凡·欧登巴讷费尔德的刽子手破坏了游戏规则,超出了自己的角色,更有甚者——违反了职业伦理原则。他为什么这样做?无疑是纯

---

① 宾内霍夫,荷兰文,即庭院。
② 典出希腊神话:赫利俄斯,太阳神每日清晨驾驭由4匹喷火快马曳引的太阳车,从东方出巡,傍晚落入西方的大洋河里,夜间则乘小舟绕大地重返东方。

粹的心灵本能冲动。但是一个被剥夺了人世荣耀的犯人难道不会在这种举动中看到讥嘲？归根结底，对于那些将要永远离世的人来说，是死在太阳下，或是死在阴影里，还是死在夜的黑暗中，完全是无所谓的事。死亡的刽子手—匠人，当他在最后时刻给犯人抛出一点点无济于事的善良的时候，反倒成了富有意义的双重形象。

船　长

　　一六一八年十二月二十八日，"新霍恩"号帆船驶离特塞尔岛上的港口，开始了驶向东印度的漫长而危险的航程。船上的货物是一桶桶火药。船长威伦·雅思布兰茨·邦特科埃描述了这次异乎寻常的航海经历。

　　他的报告简单、粗糙并且朴质，无愧可信的称号，引起唯一疑虑的是展示这次远航中某个重要插曲的方式，尤其是这个事件彼此不相符合的三种不同说法传到了我们时代。

　　风暴，大海的寂静，持续多天的暴风雨，令人想起《圣经》中的洪水的热带倾盆大雨，折磨船上人员的疾病，跟西班牙人的冲突——所有这一切对于航海者来说是每日的面包，可以说是在正常范围之内。一六一九年十一月十九日，在远离航行目的地的公海上发生的事件超出了那个标准。

　　这天船长邦特科埃必定是情绪很好，既然他吩咐在晚餐时给船员双份的烧酒。硬脂蜡烛的光驱散了舱口的黑暗，管理食物储备的大副从桶中往双耳小木桶里注酒。当时正是风暴天气。船突然倾斜。蜡烛直接落到敞开的酒桶里。出现了自然力大释放的瞬间。接下来一切便按照灾难的逻辑进展：事态接二连三狂潮般迅速推进，一直发展到顶点——摧毁整条船的巨大爆炸。

　　幸存的小部分人员挤在一条小船上，张满用衬衫缝制的帆，在大洋上徘徊。他们既没有水，也没有食物；他们喝自己的尿，吃飞鱼的生肉。热带无情的太阳晒昏了他们的思维，在他们的头脑里孵化出杀死一个见习水兵，用他的血肉果腹的野蛮图谋。

邦特科埃船长坐在小船的尾部。他用双手护头遮蔽酷热。他发着高烧并且产生了谵妄。但是此刻，在他眼前发生的事不是任何幻影，而是现实：被称之为红头发乔斯特的海员左手揪住见习水兵的头发，那男孩着了魔似的大喊大叫，乔斯特拿刀的右手高高举起。让我们暂且停留在这个画面上。

根据第一种说法，船长邦特科埃站立起来，发表了长篇充满《圣经》语录的演说。他说到有关将以撒①献燔祭的事，正如众所周知那样，上帝推开了牺牲者，他还说到有关上帝传《十诫》② 的事，说到博爱的义务，等等，等等。出现了超现实主义的画面：黑色的布道台升到了浩瀚无涯的咸水领域上方。实际上小船是在任凭海浪摆布，不是大教堂石砌的中堂，而一小撮癫狂的幸存者无论如何不会令人想起聚集在教堂里做礼拜天弥撒的酒足饭饱、穿着节日盛装的市民。这种时刻完全不适合于表演虔诚的雄辩术。想要阻止屠杀，需要采取迅速、坚决和暴烈的行动。

第二个版本是说，邦特科埃做到了说服乔斯特，使他停止了自己的犯罪意图。他们彼此之间订了个协议：如果在三天之内他们不能到达一个稳定的陆地，便可杀死小伙子。那三天期限（具有魔力的数目字三）并非以任何合理的前提为依据，因为没有人知道小舟所处的哪怕是大概的位置。除此之外，船长这样处理问题等于是他同意屠杀，实际上意味着只是缓期执行。邦特科埃站在杀人犯一边，在一定程度上承认他们有理。

---

① 以撒是100岁的亚伯拉罕和90岁的妻子撒拉所生的儿子，上帝要试验亚伯拉罕，让他把独子献燔祭，他便带着儿子上山，当他用刀杀以撒时，上帝见到他的忠诚，推开了以撒，用山羊替换了以撒献燔祭。

② 指耶和华在西乃山上向摩西所传的、犹太人和基督徒必须遵守的十条宗教和道德准则，其中包括：孝敬父母、不可杀人、不可奸淫、不可偷盗、不可作假见证陷害人等等。

最后第三种说法，最近乎情理——船长霍地站立起来，叫喊道，谁若胆敢碰一下小伙子，将不会领到日工资和应得的一份食物，而当他们将来返回阿姆斯特丹时，将会被吊在城墙前边最高的绞刑架上。如果注意到幸存者绝望的处境，这威吓是再抽象不过的了，但是它的效果却是神速的。它促使那些由于干渴和饥饿而发疯的海员恢复了道德秩序感，在他们面前展示出一幅清晰的文明画面，这种文明的基础就是：食物、金钱和顶端带根横杠的木柱①。

① 即绞刑架。

长子格里特

格里特出生在韦雷附近的小村庄，就像他家族所有的男人一样，他注定要当个渔夫。按照通常的命运变迁，在度过了勤劳的一生之后，他或许会把渔船和房屋传给自己的儿子们，而他本人则该满足于两沙绳①酸性的土地。然而大自然，通常如此细心地斟酌自己所有产物的形状，却让格里特成了个怪人。他超出常规的生长速度令他的双亲感到惊恐，竟至在十七岁时他的个子就达到了二点五九米。毫无疑问，无论是过去还是当时，他都是曾在荷兰大地上行走的最高男子。在一个山地国家无论怎样他或许还能稍加隐匿，不为人知；然而在这里，在大平原上，他的个头儿就成了持久的，虽说是无心的挑衅。

他天生力大无穷，生性少言寡语，温和，忧郁。他没有朋友，姑娘们对他都避之而犹恐不及。他最喜欢坐在屋子的角落里，望着尘土如何在一缕阳光里旋转。

在双亲不怎么阻拦的情况下，格里特决定出门闯荡江湖，将自己的反常变成了一种职业。他从一个村庄漫游到另一个村庄，从一个城市漫游到另一个城市，在集市上，在民间节日里，掰断马蹄铁，弄弯铁棒，将装满啤酒的木桶像皮球似的轻轻抛起，徒手勒住狂奔的烈马。他艰苦拼搏，跟大自然其他的怪物——两个脑袋的猪，六条腿的狗，会数数的马竞争，同时还得对付变戏法者、走钢丝的杂技演员、吞硫磺火的人、脸朝下倒在泥泞中的大肚皮马戏团丑角，跟他们争夺

---

① 沙绳，旧时的长度单位，一沙绳等于两米。

观众。

在招摇撞骗者、星相家、捕鼠者的环绕下,在震耳欲聋的大鼓、喇叭的喧嚣声中,在跳轮环舞的人们的叫喊声和熟肉、大蒜、甜面食的气味里,格里特傲然挺立像根桅杆——让我们再透露一个秘密,他挣钱不多。他那双蓝眼睛里隐藏着一个大家庭父亲的忧虑。格里特的大家庭就是他那庞大的、永远填不饱的身体。

一六八八年某个秋日的清晨,有人在哈勒姆新运河附近的一条小巷里发现了长子格里特。他脸朝地面躺着。他的紧身上衣浸透了雨水和鲜血。他给砍了无数刀。凶手大约很多,而他胸口装钱的小亚麻布袋子令人揣测,这不是一次强盗劫财杀人。遗体给送到了莱顿的一所大学,因此他甚至连个像样的葬礼也没有。

不过有几位新教传教士在自己的布道中提到过这次杀害,其中有人一时演说热情奋发,竟然说,砍在格里特身上的刀数跟砍在朱利叶斯·恺撒①身上的刀数一样多。不知这隆重的类比根据何在。

有可能,传教士是想让人明白,健全的共和精神对帝王和巨人同样仇恨。

---

① 盖乌斯·儒略·恺撒(公元前100—前44),古罗马统帅,政治家,作家,曾转战欧洲、小亚细亚、北非。集执政官、保民官、独裁官等大权于一身。被共和派贵族阴谋刺杀。"恺撒"后成为罗马及西方帝王习用的头衔。

黑画框里的肖像

我不知道，那些老先生为何恰恰挑中我，他们坐在酒吧间、咖啡馆、公园的长凳上，让我听他们那些交织着异国情调的岛屿和海洋名称的冗长独白。如今他们是什么人？是丧失了财富和权力的破产者。他们以经验丰富的老演员的熟练扮演自己被放逐的王公角色。得承认他们一点——他们都不是多愁善感的人。他们清楚，他们既不能指望喝彩，也不能指望同情。他们以目空一切的蔑视与周围世界隔绝。

他们属于同一种族，或者可以说，他们是人类的特殊品种。他们凶恶的面孔和装束暴露了他们的与众不同。他们的服装显示着一种旧派的破落的雅致——从洪水中抢救出的礼帽形状怪异，西服上衣的上口袋插有折叠的白手帕，缀有一颗大珍珠的领带、丝绸围巾，跟他们一道衰老，如今看起来酷似缠在脖子上的大麻绳。

听着他们讲的故事，我想起了一个二十岁的年轻人，一六〇七年圣诞节后的几天，他置身于东印度公司轮船的甲板，踏上了向远东航行的路。他名叫扬·彼得松·科恩，是霍恩①一个小商人的儿子。等待他的任务非同小可——视察在爪哇和摩鹿加的荷兰殖民地，寄送有关贸易的情况和前景的报告，而同时也寄送有关这些遥远土地上政治形势的报告，在这些土地上许多大殖民强国的影响相互作用。这就是史诗的无辜和没有意义的开端。

很难说，公司的主管们遵循的是什么原则，偏偏选中了这个经验

---

① 荷兰的一个自治市，在北部荷兰省。

微不足道的年轻人担当此任。是命运的机缘巧合,还是他的面孔起了决定性作用?我们从后来的肖像画中认识的那副面孔,具有西班牙战士的线条,是一副顽强不屈、颐指气使、深奥莫测的面孔。

科恩在自己的许多以白种人文明使徒的激情和狂热写出的报告里呈报说,在那些殖民地情况不妙。民众道德败坏,对自己的命运信心不足,仓库、银行、要塞和车站码头现状都糟糕透顶,贪腐和酗酒达到了令人恐惧的规模。这一切都在当地土著的眼前发生,他们都在等待适当时机,割断入侵者的喉管。

因此科恩要求武器和军队。"尊贵的阁下,"他在寄给公司的一封信中写道,"理应知道,我们不能进行没有贸易的战争,也不能从事没有战争的贸易。"他还要求派遣年轻、道德无瑕、勤劳的荷兰人到殖民地去,他们应取代那些坠落的亡命之徒。闻所未闻的是,他请求自己的上司从荷兰的孤儿院选派十四岁的姑娘,认为她们将来会成为殖民者品行端正的妻室。

精力充沛、多谋善断的科恩,无所不至,他不知疲乏地航行于婆罗洲、苏门答腊、西里伯斯和爪哇之间,他集神圣宗教裁判所法庭成员和征服者的性格特征于一身。他被任命为东印度总督时,年方三十岁。这次任命几乎是把无限的权力交到了他的手中。正如历史经验教导的那样,通常这会导致犯罪。

当时发生了一件事,有人抓获了跟总督的养女、十二岁的萨阿杰·斯佩克斯调情的年轻海军旗手科滕霍夫。他俩都是东印度公司官员的非婚生子女,一对无家无爱的未成年人。科恩冷漠地亲自下令对他俩处以极刑。

征讨安汶岛①和班达岛②的事件在欧洲激起了广泛的反响。在军事讨伐期间，屠杀了这些岛屿的一万五千居民中的一万四千人，而将七百人作为奴隶贩卖。有人断言，大屠杀实际的祸首是地区总督索恩茨克，而科恩只是发布了疏散当地人口的命令。"疏散"一词被人理解为最后的撤离，这意味着搬迁到阴曹地府。这种语义的误解只有在一些铁腕统治的国家才会发生。

强者孤独。科恩没有朋友。准确地说，他只有一个朋友。这是隐藏得很深的羞羞答答的友谊。

位高权重的总督夜晚不带私人卫队，悄悄溜出官邸，走遍按照阿姆斯特丹模式建造的巴塔维亚多条狭窄的小巷：路过一些尖顶房屋、运河、小桥、磨着热带酷热的毫无意义的水磨，走进一幢相当丑陋的建筑物，那里住着中国人苏兵空。此人曾经是位船长，如今是银行家，说得明白点儿，就是高利贷者。

他们交谈的是什么？是有关簿记的事，那是总督隐秘的癖好，不止如此，是他的酷爱。苏兵空发现了做商务记账的中国方法的奥秘，而科恩则讴歌意大利会计学的魅力。荷兰殖民地的行政长官工作繁重，干了几天便不堪重负，每当他想到一些白纸片，想到盈—亏分类项目下两列数字，他便体验到一种轻松、慰藉，几乎是肉体的快感，因为这两列数字曾调整了一个复杂的昏暗世界，与善—恶的伦理类别毫无二致。簿记对于科恩就是诗的最高形式——它释放了事物隐藏的和谐。

他死于壮年，被热带的高烧放倒。他的末日来得如此突然，以致他没能立下遗嘱，也没能发布最后的命令和指示。可以说，他是给死

---

① 安汶岛是印度尼西亚的岛上城市，被荷兰人占领，1623年荷兰人征讨安汶岛，摧毁了岛上的居民点，史称安汶大屠杀。

② 班达岛在位于印度尼西亚苏拉威西岛东南侧的班达海上，遭受了与安汶岛同样的命运。

亡呛着了，但没有把死亡彻底喝下。因而大概经过漫长的几个世纪，他反复化身为其他的掠夺者，直到我在酒吧间、咖啡馆和公园长凳上遇到的那些人——他们是这类人物中的最后一批。

昆虫的地狱

扬·斯瓦默丹天生羸弱，病病怏怏。只是多亏两位杰出的医生高超的医术让他活了下来，但是试图唤醒他那萎靡不振脾性的努力却没有成效。在学校他学习不错，虽没有热情。他不曾显示出任何明确的兴趣，他的父亲，一家位于阿姆斯特丹老市政大厅附近的欣欣向荣的天鹅药房的老板，虽说不无遗憾，却很快便不得不安于这样的想法，那就是在他死后他的药房会落到外人手中，这店铺是如此美好，充满了植物学和化学领域特有的气味儿，天花板上挂着一条鳄鱼，还有一间自然界稀奇物种收藏室。

经过长时间的犹豫之后，扬终于决定到莱顿的一所大学学医。双亲赞许这个意图并许诺提供相应的物质援助，同时暗怀希望，以为环境变化和学习纪律，会施加积极影响，使他们的独生子摇摆不定的性格日益沉稳起来。

扬陶醉于知识的魅力，而且过分入迷——他什么都学。他听数学课、神学课、天文学课，也不忽视那些阅读古代作品的外语课程，对东方语言同样心醉神迷。最不重视的反倒是他选定的知识领域——医学。

"上帝严厉地考验你的父亲，"扬的母亲写道，"在衰老的痛苦之上外加对儿子命运的忧虑。你在浪费青春时代极其宝贵的时间，你像在森林里徘徊，而不是走一条直路达到目的。如果在两年内你不能获得医生文凭，你父亲将停止给你寄钱。这是他的意志。"

诚然，扬从医学院毕了业，但他一生连一个伤口也不曾包扎过。

他又有了新的癖好，这癖好至死也没有离开他，这就是对昆虫世界的研究。昆虫学在当时不是一门独立的学科，扬·斯瓦默丹奠定了这个知识领域的基础。

然而研究屎壳郎的触须，黄蜂的胃肠道，疟蚊的腿，既没有给扬带来收入，也没有带来太大的声望。更糟糕的是，他本人也认定自己从事的是毫无价值、毫无用处的工作，是在浪费自己的生命。笃信上帝、带有神秘主义倾向的斯瓦默丹内心痛苦，因为他研究的对象是给安置在物种阶梯最低一级、待在大自然的垃圾箱、临近酷热的地狱门前的生物。谁能在对虱子的解剖中看到上帝的手指？只活一天的小玩意儿难道不是虚无的碎片，而是生存的坚固的小砖头？于是他嫉妒天文学家，他们在研究行星运动的时候，发现了宇宙的建筑艺术、上帝的意志与和谐的法则。

夜里天国的使者来探望他，温和地劝说他放弃浮躁的行当。斯瓦默丹没有抗拒，只是表示抱愧。他信誓旦旦说要改邪归正，可是他很清楚，他下不了决心将那些手稿、漂亮、精确的素描和笔记本付之一炬。深知心灵秘密的天使离开了他，也就在这时开始了众多小生物无法无天的胡闹，那些小生物中有低飞的，有在地上爬的，都带着魔鬼的嘴脸；它们以魔鬼的狂暴拖着斯瓦默丹苦难的灵魂拉向下方，拉向灰烬，拉向灭顶之灾。

只有一次，命运曾冲他微笑，而且是双关地。托斯卡纳公爵建议用一万二千弗罗林收购他的昆虫收藏品，条件是斯瓦默丹定居佛罗伦萨，这是个诱人的建议，但也意味着他必须皈依天主教。这最后一条对于受到各种矛盾冲突折磨的良心而言是不可接受的。他拒绝了慷慨的报价。

他去世前几年（死时年方四十三岁）看起来就像个衰弱的老人。斯瓦默丹羸弱的肉体挣扎的时间出奇地长，仿佛死亡蔑视卑微的虏获物，使他必遭漫长的弥留。

那时他体验到，他所研究的世界降临到他身上，在他体内筑巢，从内里掏空他。长长的蚂蚁行列在血管的通道行进，成群的蜜蜂喝着他心里苦味的玉液琼浆，巨大的灰色和棕色的飞蛾落到了他的双眼。通常在死亡时刻飞向穹宇的灵魂，过早地离开了斯瓦默丹苦难的肉体。灵魂既不能忍受昆虫鞘翅彼此擦碰发出的沙沙声，也不能忍受搅乱宇宙静悄音乐的毫无意义的嗡嗡声。

永 动 机

科尼利厄斯·德雷贝尔（一五七二至一六五三）曾是位学者和驰誉一方的发明家，虽说同行们对他持审慎的保留态度，指责他不够严肃。确实，他更倾向于有效地显示自己包罗万象的才能，而不是系统的研究工作。大概正因为如此，从来没有一所大学愿意向他提供授课的讲台。

一六〇四年他出现在英格兰。在很短的时间内他赢得社会上层和君主本人的好感，其物质上的证据就是他的年薪是由国王的金库支付，还有在埃尔瑟姆宫①的住所。可以说，德雷贝尔现在成了在职的专门制造非凡现象和事物的人，各种奇迹的供应者，惊愕和眩晕的肇端者。

遵照当代的证据，特别是（许多别的事件中的）两个有代表性的事件激起了真正的惊怵，并且长久留在人们的记忆中：其一是展示由发明家建造的潜水艇的航行，该潜水艇由威斯敏斯特航行到格林威治，始终没有浮出泰晤士河的水面。其二，是在伦敦的威斯敏斯特大厅②当着国王、宫廷和特邀贵宾的面举行的气象学大会演，在这次会演上德雷贝尔的机器射出雷霆和闪电，仲夏之际突然变得那么寒冷，以致墙壁都结了霜，在场的人个个冻得瑟瑟发抖，最后下起了如注的

---

① 一座位于伦敦格林威治区的皇家宫殿，像城堡一样被水环绕。
② 威斯敏斯特大厅建于中世纪，是威斯敏斯特宫的起源，在英国议会成立之前以及之后相当长的一段日子里，曾是英国王室的居住地。

暖雨——于是人们交口称赞，向这位以自己天才的威力使自然力屈服于自己意志的发明家致敬的喝彩声不绝于耳。

德雷贝尔头脑里塞满了形形色色的构思，有伟大的或渺小的，有严肃的或可笑的，有聪慧的，也有完全是疯狂的。他设计了一种帮助肥胖的人骑上马背的特殊小梯子，他制定了给沼泽地排水的新系统，他制造了飞行机器（恶意者称之为坠落机）。他做了一只能打死头上寄生虫的小锤，跟小锤连着的钳子能把杀死的寄生虫从头发里夹出来。他发明了给织物染色的前所未有的工艺流程，同时他还发明了一种塑像，迎风放置就会发出刺耳的喊叫和呻吟。这些仅仅是这个具有非凡创造力的人发明创造的极小部分。确切地说，不知他究竟是什么人——是招摇撞骗者还是学者？因为我们无法看到他那早已居住在阴曹地府的灵魂深处，所以必须把注意力集中于他留在人间的东西上。尤其是德雷贝尔的堪称奇特的藏书，为那些希望研究他那富有天才闪光的卓有成效、同时又是不守规则的智商的人提供了宝贵的指示。

根据书籍排列方式就不难判断，德雷贝尔同时阅读科学著作和炼金术士的论文。弗朗西斯·培根，列奥纳多·达·芬奇，乔尔丹诺·布鲁诺全集的旁边，摆放着巴拉塞尔苏斯①的作品，《伊希思②的第七面纱》、《希兰寺》和《永恒智慧的剧场》。在自然科学的园地繁殖灵

---

① 巴拉塞尔苏斯（1493—1541），原名冯·霍恩海姆。瑞士医学家、化学家。欧洲文艺复兴时期新医学的代表人物，其主要贡献是：把人体的生活功能看作是一个化学过程，提倡将化学应用到医学上来，在实践中采用过许多新的药物，如汞剂治疗梅毒等。

② 伊希思，又译伊西斯，古代埃及最重要的女神。她是丰产和母性的庇护者，是生命和健康的女神。在希腊化时代，她是从印度到多瑙河最受崇敬的女神。在希腊—罗马世界，伊希思被尊奉为大地的统治者、星空的创造者、航海的护佑者、船帆的发明者。她最为常见的形象是手里抱着幼婴——她的儿子荷洛斯（这是圣母抱着耶稣基督像的原型）。

知①的草。德雷贝尔在机械学、化学或战争题材的文学、绘画领域的论文页边上画出秘密的图解，还写上了响亮的占卜名称——Binach，Geburah，Kether——其意思是：才智、力量和认识的王冠。

德雷贝尔认为，不能在纯科学范畴解释世界，不变的自然法则有时不再起作用，同时会让位于奇迹和令人目眩的不同凡响的事物。想必正是因此他以毕生精力建造和不断改善——永动机，同时他也意识到，从物理学的观点看，他的创举是无望的。应该承认，他在这条疯狂的道路上取得了一定的成果。他的摆针，叶片，钟锤挂着的轻金属球确实动了很长时间，而一旦它们的运动停止，他便用一个手指头推动一下，犹如造化②从瞌睡中唤醒萎靡不振的物质。

"许多个世纪之后我的尸骨将瓦解，"德雷贝尔思忖道，"甚至我的名字也会像水蒸气一样消散得无影无踪，那时会有人找到我的永远在报时的钟。我不指望人类的记忆，但指望宇宙的记忆。我希望会有人用准确无误和不容置辩的证据证明我的存在，犹如证明上帝的存在一样——从运动。"③

---

① 灵知，又译诺斯替教。公元1—3世纪产生的宗教哲学学说，是基督教、犹太教、各种多神教以及希腊、罗马唯心主义哲学某些成分的结合体；是认识上帝和感知上帝存在的一种神秘知识。

② （柏拉图哲学用语）创造世界者；次于最高神的造物者。

③ 原文为拉丁语。

房　屋

可以稍许夸张地说，在旅行开始之前，事先就存在一幅地图，这就犹如有一首长诗的模糊和无人称的轮廓，长期高挂在空中，然后有人敢于将它拉到地面，赋予它人们能够理解的形式。这地图便是——美人鱼歌曲的总谱，向勇敢者提出的挑战——向荷兰人灌输一个通过北方游廊去中国的狂妄计划，也就是通过一条黑暗、狭窄、冰封的走廊，而不是选择所有人都走的，充满了杀人越货的海盗和同样置人于死地的竞争者的热带航路。

此事必定是受到了极其严肃认真的对待，既然国会确定将高达二万五千弗罗林的奖金授予那些决心去实现这种近乎疯狂意向的人。两个久经大海考验的人，船长雅各·凡·赫姆斯凯茨克和领航员威伦·巴伦支带领全体乘务员和两艘轮船开始了伟大的探险。时值一五九七年五月。陆地的绿色条带迅速从眼前消失，不满三个礼拜之后，环绕航海者的是不可思议的北极世界。六月五日水兵中有个人扯着嗓门叫喊，说他在地平线上看到了一群巨大的白色天鹅。实际上这是冰山。海员的错误与其说证明他具有富于诗意的想象力，不如说他对北极地狱的认识微乎其微。

经历了许多戏剧性的插曲，天气和命运的无常变幻，跟越来越难以理解的周围环境角力之后（怪事逐步增长，故能部分适应），离开荷兰不足四个月继续航海成了不可能的事。在新地岛岸边轮船受到秋日冰冻的禁锢寸步难行。做出了决定，要在那里住宿。宿营就需要房屋。

机缘巧合，在岛上找到了海流带去的西伯利亚森林的树木，硬得像石头，但是人们总有办法对付这种顽固的材料。在建房的开头，船上的木匠就死了，人们把他埋葬在冰的裂缝里，冻硬了的土地不肯接受死者的遗骸。时间紧迫。白昼越来越短，气温令人恐怖地不断下降。在建筑物旁工作的人叫苦连天，埋怨说他们按照木匠的习惯含在嘴里的钉子冻在了嘴唇上，需要连着皮肤一起扯下来。

终于，在十一月三日屋顶钉上了最后一块木板。欢乐的航海者庆贺自己的房屋落成——用雪做的花束加冕。

于是有了房屋——祖国的微型；躲避严寒和北极熊的藏身之所。北极熊对荷兰人开展了名副其实的猎捕，几乎没有一天不是面对面遇上它们，而那时便动用猎枪、火枪、斧钺及火，可是没有多大效果，这些野兽的狂暴和顽强几乎跟人一样，它们像白色的凶残嗜血的幽灵突然出现，爬上屋顶，试图从烟囱进入屋内，它们在房屋的门前嗅来嗅去，恫吓地喘着粗气。

这次远征的编年史家，很少让自己流露出动感情的腔调——除了对造物主十分虔诚的叹息之外——在报告的某个地方他抛出"熊"的名称用于对"恶魔"的感情描述，这名称他一直使用到自己的记事结束。在极地之夜的正中央熊的围困解除，出现了北极狐，对它们，编年史家用了"小动物"这样动情、温暖的定语来形容，因为它们不危险，并且听话地钻进布置的陷阱，提供肉（味道像兔肉）和毛皮。再次表明，人和四脚动物兄弟情谊神话内里衬有某种程度的伪善。

房屋立在上帝的计划里不是给人选定的土地上，立在可怕的、令人头晕目眩、眼花缭乱的黑白分明的命运棋盘中。壁炉里烧的火提供的烟比热多。用苔藓塞住的缝隙里冰冻的风在嬉戏。墙边挂着的木板床上躺着的是得了坏血病、受着高烧折磨的病人；积雪掩盖了小小的房屋连同它的烟囱。极夜搅乱了时间和现实的尺度。一月底航海者们产生了集体幻觉——就像沙漠的旅行者们幻视到绿洲那样——他们在地平线上方看到了非现实的太阳。但是北极之夜的哀伤黑暗还要持续很久,很久。

假如有人认为,荷兰人越冬是某种性质的消极反抗,这个人也许会弄错。相反,他们得以从自身激发的毅力,令人惊叹。他们像优秀的弗里斯①农民一样,围绕自己贫瘠的田庄奔忙。他们背木柴,照看生病的伙伴,修补房屋,有人记录周围世界的奇特现象,有人狩猎,有人练就了一手复杂的烹调手艺,有人高声朗读《圣经》,他们每每四个人一起爬进大圆桶,由轮船上的理发匠用滚水浇,此人也给他们理发,他们的头发长得出奇地快,仿佛是想用毛发盖住他们的身体。他们用捕猎到的野兽皮革缝制衣服和皮鞋,他们唱着虔诚的歌曲和淫猥的歌曲,他们不断地修理总是冰冻的钟,钟给他们带来慰藉,说明时间不是无底的深渊,不是虚无的黑色伪装,而是可以把它分成人类的昨天和人类的明天,分成没有亮光的白天和没有光亮的夜晚,分成秒、钟点、礼拜,分成正在逝去的疑虑和即将诞生的希望。

大凡跟自然力作斗争的人都意识到,在跟强大百倍的对手的生死拼搏中,只有善于集中全部注意力,意志坚强,机敏——对抗打击,那时才有希望获胜。这要求特别压缩整个的人性,蜕化到受本能操纵的动物反射。需要忘记自己曾经是个什么人,也就是说,他应考虑的只是霹雳、火、暴风雨、暴风雪和地震的时刻应有的反应。一切额外的人性特征,一切多余的思想、感情、手势都可能导致大祸临头。

经受着最严酷考验的一小撮荷兰航海者,至少有两次违反了这铁的规律。除了跟非人的恐怖作斗争的法则,他们又增添了人的因素。也许这不是冒险的古怪行径,也不是在冰冻的荒原所唱的依恋过往时光的感伤歌曲,而是真正的防卫组成部分。两个事件都与房屋关联。因为这毕竟是幢房子。

---

① 弗里斯人原是日耳曼人的一个部落集团,公元初住在西欧赫耳德河口与威悉河口之间的滨海地区,荷兰、德国、丹麦都有弗里斯人。

一五九八年一月六日,三王节①,蒙难的人们毫不在意周围发生的事,决定像在祖国那样过节。甚至清醒的船长凡·赫姆斯凯茨克也发了疯,吩咐从日渐减少的储备中拿出大量葡萄酒,用两磅面粉烤出酥脆和茨维巴克②分给全体乘务员。加热的带香料葡萄酒使人们如此兴致勃勃,以至大家跳起了舞,一遍又一遍地跳着心爱的蹩脚舞:戴礼帽的舞蹈和快步乡土舞。举行了新地岛凯撒竞赛,同时还选举了巴旦杏王。正在病中的非常年轻的水兵雅各·斯切达姆当选,他不久之后便与世长辞,但在那个难忘的晚上,他最后一次与其说是对世界莫如说是冲着他的朋友粲然一笑。编年史家说,一切就像在祖国在我们珍爱的亲人身边一样,他唯一的一次以庄重的符咒召唤——*祖国*③。

不知是谁打的这个主意——可能是集体想象力的结果——当房屋终于立起来的时候(老实说它是个狗窝),便决定让它具有房屋的风格,在低矮的门上方用黑色涂料画了个三角形的正门装饰,还在正面墙上画了两个对称的窗户(房屋没有窗子)。在平屋顶上用船板钉了个梯形的楼顶装饰墙,它很快就给暴风雪刮掉了,很显然暴风雪是这种审美精微性的敌人。

一五九八年六月十三日,人们驾着两条可怜的舢板开始了返航的归程,谁也没有勇气回头看一眼被抛弃的房屋,看一眼这忠诚的纪念碑——带有三角形的正门装饰和两个虚假窗户的建筑物,房子里面隐藏着充满松脂气味的黑暗。

---

① 三王节,典出《圣经》"耶稣降生博士来拜"。说是耶稣降生在犹太的伯利恒,三个博士从东方来,在星的指引下见到了耶稣和他的母亲,将黄金、乳香、没药作为礼品奉献给耶稣,后世将三博士称为三王。
② 茨维巴克是一种甜点心。
③ 原文为拉丁语。

斯宾诺莎*的床

诚然是咄咄怪事，大哲学家们的形象最牢固地留在我们记忆中的是他们行将就木的时候。把装有毒芹的酒杯举到嘴边的苏格拉底，奴隶给他割开血管的塞涅卡①（鲁本斯有这样一幅油画），徘徊在寒冷的宫廷房间的笛卡儿②，他预感到瑞典王后教师的角色将是他最后的角色，垂暮之年的康德常在进行日常的散步之前闻闻捣碎的辣根（手杖前伸越来越深地陷入沙中），受到痨病折磨的斯宾诺莎，耐心地磨镜片谋生，他已是如此羸弱，以致不能写完《虹论》……崇高的垂死者陈列馆，苍白的假面具，石膏面模。

在传记作者的眼中，斯宾诺莎通常是智者的理想——他全心全意凝思默虑自己作品的精确结构，对世间的物质俗务完全无动于衷，摆脱了一切欲念。毕竟在他的一生中存在着某个插曲，对此一些作者以沉默避过，对另一些人而言则是难以理解的青春时代的恶作剧。

一六五六年斯宾诺莎的父亲谢世。在家人的眼中，巴鲁克赢得的评价是个怪人，是个缺乏实际生活能力的青年，将宝贵的时间耗费在研究难以理解的书籍上。由于狡诈的计策（起主要作用的是他同父异母的姐姐雷贝卡及其丈夫卡斯塞雷斯），他被剥夺了遗产继承权，大

---

*　巴鲁克·斯宾诺莎（1632—1677），荷兰唯物主义哲学家。

①　塞涅卡（约公元前4—公元65），古罗马哲学家、戏剧家，新斯多葛主义的主要代表人物之一，曾任尼禄帝大臣，后被勒令自尽。

②　笛卡儿1629年定居荷兰。1649年接受瑞典王后的邀请赴瑞典讲学，卒于该地。

家期望心不在焉的年轻人甚至不会注意到这一点。但是事情却出乎人们的意料。

巴鲁克到法院起诉，谁也没有料到他竟具有这等的毅力；他雇用了好几名律师，委派了好几名证人，他实事求是而又激昂慷慨，洞察诉讼程序最微妙的细节，令人信服他是被剥夺了权利的受欺负的儿子。

不动产分配问题解决得相对迅速（在这件事上有明确的法律规章）。可是现在突然出现了第二份起诉书，激起了普遍的不快和窘迫。

巴鲁克——仿佛是占有欲魔鬼附体——开始为父亲家中几乎是每件物品争夺不休。起初争一张床，他的母亲黛博拉就是在这张床上过世（他也没有忘记争夺深橄榄色的帐子）。然后他又要求完全没有价值的东西，解释说纯粹出于感情上的眷恋。法庭腻烦至极，无法理解，这个清心寡欲的年轻人为何有着不可遏止的愿望，定要继承一只火钩子，一只断了把手的锡制高水罐，一张普通的厨房凳子，一个表现没有脑袋的牧童的小瓷人，一座立在走廊里已成了老鼠窝的破旧闹钟，还有一幅挂在壁炉上方的油画，黑得就像焦油的自画像。

巴鲁克打赢了官司。现在他本可满怀自豪地坐在自己战利品的金字塔上，轻蔑地望着那些力图剥夺他继承权的人。可是他没有这样做。他只挑选了母亲的那张床（带有深橄榄色的帐子）——其余的一切物品他都赠予了被征服的诉讼对手。

谁也不明白，他为何这样做。这一切行动看起来似乎都是明显的怪癖，而实际上却充满了更深刻的含义。是的，巴鲁克似乎想说，放弃继承权的美德根本不是弱者的权宜之计，而是那些为了令人不解的伟大事业而奉献出（当然不乏遗憾和犹豫）普遍渴求的东西之人的勇敢举动。

书　信

　　书信于二十年代，详细说于一九二四年在莱顿的一个旧书商那里被偶然发现。三张尺寸为十一点五厘米乘十七厘米的奶油色纸，带有潮湿的痕迹，但保存完好，字体娟秀、清晰，很容易辨认。不知名的好事之徒将书信粘在了一本旧的、曾经非常流行的传奇小说《天鹅骑士》封面里边的衬页上，该小说于一六五一年由阿姆斯特丹的书商古尔出版。

　　大部分研究者（伊萨尔洛，吉莱特，克拉克，德·弗里斯，博雷罗，戈尔德什内伊德尔）对此发现都持怀疑态度，唯有乌得勒支的一位年轻的历史学家和诗人凡·德·维尔德（顺便说一句，他在离斯赫维宁根不远的地方神秘地被人用匕首杀死）自始至终顽强地维护书信的真实性。年轻的研究者认为，书信的作者不是别人，只能是约翰·维米尔，而收信者则是安东尼·凡·列文虎克①。此人是个自然科学家，在改善显微镜方面的功绩众所周知。他俩，学者和艺术家同年同月同日出世，在同一座城市度过一生。

　　书信不带修改也不带后来更正的痕迹，却含有两个可笑的拼写错误和几处字母挪移，显而易见是匆促写就的。有几行文字给删掉了，删得那么坚决和果断，以致我们永远也不会知道墨水的黑色掩盖的是怎样疯狂或羞于见人的思想。

---

　　①　安东尼·凡·列文虎克（1632—1723），荷兰生物学家。早年学会琢磨玻璃制造透镜的技术，制成了简单的显微镜。1675年发现原生动物，1683年又发现细菌。

书信字体的特点（尖头的字母"V"写得犹如敞口的八，笔法有点儿摇晃不稳，仿佛某人加快了步履又突然停住）表明与保存在圣路加公会一六六二年登记表上维米尔唯一签名的字体即使不是完全一致，也是惊人地相似。对纸张和墨水进行的化学分析让人相信，文献源于十七世纪下半叶，因此一切都表明此书信出自维米尔的手笔，但缺乏确凿的证据。我们深知，毕竟存在技术上无懈可击的伪造文件。

所有表示反对文献真实性的那些人，都提出了大量论据，但老实说，都不怎么令人信服。科学的谨慎，甚至于走得很远的怀疑论，无疑都值得称道，然而在那些批评意见的字里行间让人感觉到，主要的异议是由信的内容激起的——这一点谁也不曾清楚地说出。假如，比如说维米尔给自己的岳母玛丽亚·蒂恩斯写信，说是由于要给儿子伊格纳蒂乌斯举行洗礼仪式，请岳母借他一百弗罗林，或者，假设他向面包师凡·布伊泰恩建议拿自己的一幅油画作为所欠债务的抵押品，我认为，谁也不会发表反对意见。但是当一个不会说话的巨人两个半世纪之后突然开口说话，而他所说的既是私密的自白，又是宣言和预言——这就让我们难以接受，因为我们心中蕴藏着对点化的深刻恐惧，对奇迹缺乏赞同。书信的内容如下：

你大概会感到诧异，我给你写信，而不是像惯常那样在暮色降临之前到你的工作室去。可是我想，过一会儿你将要读到的那些话，我既没有勇气，也不善于当面对你讲。

我倒宁愿不写这封信。我犹豫了许久，因为我确实不想使我们常年的友谊受到伤害。最后我下定了决心。毕竟有些事比联系你我的东西更重要，比列文虎克更重要，比维米尔更重要。

几天前你曾通过自己的新显微镜向我展示了一滴水。我总以为，水像玻璃一样洁净，可当时我看到水中翻滚着犹如在博什画笔下透明地狱中的各种怪物。在这演示期间,我似乎觉得你是怀着满足之情在观察、研究我的困惑莫解。我们沉默着,彼此不交一言。而后你非常缓慢而清晰地说:"水就是这样,我的朋友,是这样的,而不是另一样的。"

我明白,通过这句话你想说的是:我们绘画艺术家画下来的是外观,影子的生命,世界骗人的表层,而我们既没有勇气也没有才能深入事物的本质。不妨说,我们是在迷幻物质中工作的手艺匠人,而你以及你那一类的人——你们才是揭示真理的大师。

正如你所知道的那样,家父在集市广场近旁有家《梅赫伦》①小酒馆。有这么一位从巴西利亚和从马达加斯加沿着北冰洋游遍全世界的老海员经常到那里去——我对他记忆犹新——他总是喝得醉醺醺,但极会讲故事,大家都乐意听他神聊。他曾是酒馆的一绝,就像一张巨幅彩色画或者一头奇异的动物那样吸引人。他最喜爱的故事中有一个是关于中国皇帝秦始皇的故事。

说是那位皇帝曾颁布诏谕用厚重的大墙围着国家,为的是跟别的国家分隔开来,焚毁所有的书籍,为的是不听过往告诫的声音。下旨禁止从事一切艺术工作,对违禁者处以极刑(面对如此重大的国家任务,像构筑要塞或砍掉叛乱者的脑袋,所有的艺术极其明显地暴露出完全无用)。于是诗人、画家和音乐家纷纷躲进了深山老林和荒凉的寺庙里,过着流放的犯人生活,受到成群的告密者的跟踪。在广场上成堆地焚烧绘画、扇子、塑像、有花纹的织物、奢侈品或者可能被认为是漂亮的东西。儿童、妇女、男人穿着清一色的灰色服

---

① 原文为荷兰语。

装。皇帝甚至向鲜花宣战，敕令将种花的园地堆满石头；还颁布了特别诏令：太阳下山时所有人都要待在家里，用黑色窗帘把窗户遮得严严实实，因为你自己也知道，风、云彩和夕阳的光线会画出何等疯狂的图画。

皇帝仅仅珍视知识，对学者大量馈赠荣誉和黄金。天文学家每天给他呈报有关发现真正的或臆想的星辰的消息，奴颜婢膝地以皇帝的名字给星辰命名，这样一来不久之后整个天穹便挤满了始皇帝一世、始皇帝二世、始皇帝三世如此等等的闪光点。数学家们致力于探寻新的数字系统、复杂的方程式、不可思议的几何图形，同时他们清楚地知道，他们的工作毫无价值，不会给任何人带来益处。自然科学家许诺将培育出树冠伸进地里而树根达到天穹的树木，还有麦粒大得像拳头的小麦。

最后皇帝渴望长生不死。医生们在人和动物身上进行了可怖的实验，为的是获得永恒的心脏、永恒的肝脏、永恒的肺叶的秘密。

那位皇帝，正像所有实干家常有的情况，渴望改变天、地的面貌，为的是让他的名字永远刻在未来历代人的记忆中。他不明白，一个普通的农夫、鞋匠或蔬菜贩子的生活更值得尊重和赞叹——而他自己却要成为无血无肉的字母，成为许多单调地一再重复的疯狂和暴力的象征符号中的一个符号。

就他犯下如此之多的罪行，就他在人们的头脑和灵魂中造成如此之多的空虚而言，他的死却是出奇的平庸。他给一嘟噜葡萄呛着窒息而亡。为了把他从地面收拾掉，大自然既无须费劲动用飓风，也无须动用洪水。

你大概会问，我为何要讲这一切，会问：有关一个遥远的外国统治者的故事跟你的一滴水有何相干？我给你的回答肯定不怎么明确也不怎么连贯流畅，希望你能明白一个满怀不祥预感和忧虑的人所说的话。

我担心的是，你以及跟你一类的人们在进行危险的探险，它可能给人类不只是带来裨益而且也会带来巨大的无法弥补的损失。难道你没有发现，观察的手段和工具越是完善，目标就变得越是遥远和难以捉摸。随着每个新发现都敞开一个新的深渊，在宇宙神秘的空虚中我们越来越孤独。

我知道，你们渴望把人们引出迷信和偶然性的迷宫，渴望给人们提供可靠和明确的知识，用你们的话说——提供防止恐惧和忧虑的唯一手段。但是，如果我们用必然性这个词取代天意这个词，你们提供的知识是否会真正带来轻松？

你大概会指责我，说我们的艺术猜不出大自然的任何哑谜。我们的任务不是猜谜，而是意识到大自然的奥秘，在它们面前垂下头颅，同时使眼睛对其无止无休的赞叹和惊讶事先有某种精神准备。然而如果你一定在意各种发明，我不妨对你说，我感到自豪的是，已成功地实现了将某种特别鲜艳的钴的银灰色跟闪闪发光的柠檬黄的搭配，同时还记录了午后的光线透过厚玻璃落到灰色墙壁上的反射。

我们使用的工具，实在是原始——一根棍棒末端绑上一簇鬃毛，一块长方形的木板，颜料和油——千百年来它们没有发生变化，犹如人体和人的本性。若是我正确理解我的任务，它在于协调人和周围现实的关系，因此我和我的那些同行兄弟我们是在无数次地一再重复绘画天空、云彩、城市和人的肖像——这整个讨价还价争论不休的宇宙，因为只有在这个领域我们才感到安全和幸福。

我们是分道扬镳了。我知道，我没能说服你，你不会放弃琢磨透光镜，也不会放弃建造自己的巴别塔。但是请你海涵，我们将继续从事我们古老的手艺，我们将对世界说些和解的话，说由于找到了和谐的欢乐，说永远追求彼此相亲相爱。

跋

科尼利斯·特罗斯特——绸布商人，故事的无名英雄——处于弥留之际。

认为人临死之前全部生活会显露在我们眼前，这说法并不正确。人生的大再现是诗人们臆造出来的东西。实际上我们会陷入一种混乱状态。科尼利斯·特罗斯特脑子里白天和夜晚混成了一团，即便他醒着，在谛听自己的呼吸和心跳的时候，他也分不清礼拜一和礼拜天，对他而言午后三点钟跟黎明之前四点钟搅合在了一起。他吩咐将钟表放在自己床前的小桌子上，仿佛是希望能体验到宇宙秩序的恩惠。但上午九点钟是什么东西？如果不意味着在账房坐到办公桌旁，没有交易的正午，别人拿走了午饭的四点钟，没有咖啡和烟斗的六点钟又算得上什么？八点钟给剥夺了一切意义，因为别人搬走了桌子，挪开了晚餐，赶走了亲人和朋友。啊神圣的日常仪式，没有你时间便是空的，犹如与任何现实的东西都不相符的伪造的财产清册。

死亡天使守候在床边。要不了多久科尼利斯赤裸的灵魂就会站到最高法官的面前，向上帝报告自己的所作所为。我们这些对上帝的事务知之甚少的人，按照人的方式关心一个微不足道的问题——他是否幸福？

半个世纪前，那个难忘的四月天，当他徘徊于庞大、喧嚣的阿姆斯特丹街头的时候，友好的命运牵着他的手领他前行，同时把一封写给鞋匠亲戚的推荐信塞到他的手中，信的内容包含请求和央告，让亲戚大发慈悲雇佣小伙子并教会他鞋匠的职业。那封书信是由一个乡村教师琢磨出来的，只有一点缺陷——没有收信人的地址。

那时，就像只有在童话中才能发生的事，迷路的小伙子面前突然出现了一个英俊的、穿一身黑衣服的男子——巴尔塔扎尔·容格，绸布商人，他没有多问什么就把小伙子领回了自己的家，在顶层阁楼上给他安置了一张床并给他安排了相应的职务，当一名跑腿儿的小厮。于是就这样毫不费劲，也没有任何功绩，科尼利斯便从似乎是他命中注定的鞋楦和麻线绳的炼狱升到了丝绸和花边的天堂。这便是他飞速发迹的开头，因为如果市长的儿子当上市长，海军上将的儿子当上海军上将，就不算是发迹，只是自然的进程。

科尼利斯·特罗斯特光荣地经历了商人职业的所有台阶——他曾是个勤勤恳恳、热情忘我的见习生，当过文书、仓库管理员、会计员，当过夫人们喜爱的售货员，这是由于他那张总是红扑扑的脸蛋儿，终于成了类似容格的私人秘书的人物。就在那时他从顶层阁楼搬了下来，这意味着他被作为家庭成员看待，这个家庭人口不多，诚实正直，由主人、主妇和一个女儿组成。

在此期间他完成了一项非凡的壮举：他穿着冰鞋，带着重大的机密使命沿着冰冻的运河，用将近一个钟头的时间跑完了从阿姆斯特丹到莱顿的距离（忘恩负义的人类记忆没有注意到这个值得一提的事实）。容格先生操心的是要往自己的宠儿健康的机体灌输健康的灵魂。派他去上舞蹈课，教会了他吹奏长笛和几句拉丁文的谚语，其中科尼利斯最喜欢的一句是：*露一手，你会什么*①——而且过于经常将其穿插在跟有身份的人士的交谈中，有时甚至没有什么意义。

容格先生是个见多识广的人，受过良好教育，温文尔雅。他收藏了大量图书。书架前排立着经典作家的作品，而在它们背后则羞怯地藏着引人入胜的远方旅游报告，这类游记将推动他的孙辈踏上冒险生涯的道路。他购买了许多绘画，他对天文感兴趣。傍晚时分他常弹吉

---

① 原文为拉丁语。

他，读拉丁诗人的作品，但他认为本国的冯德尔①比他们更胜一筹。他系统地扩大自己的矿物收藏。最重要的是他崇拜李维②，热爱牡蛎，意大利的歌剧以及柔和的莱茵葡萄酒。他的突然去世，使家人和朋友陷入由衷的忧伤。他死得如此优雅，就像他活着时那样——坐在摆满饭菜的桌旁，就在他将一块在葡萄酒里蘸过的奶油饼干举到嘴边的时候，突然撒手人寰。

没等眼中的泪干，科尼利斯·特罗斯特便向老板的女儿安娜求婚。其中并无任何贪财的动机，至少他是这么认为，虽说与此同时，他也意识到自己进入这个收养他的家庭不是通过正门，而是通过顶层的阁楼。此刻他感到自己高尚得就像解救了被锁在孤儿哀悼岩上的安德洛墨达③的珀尔修斯④。

求婚得到应许（有谁能把公司生意经营得更好？）并且迅速（正如恶意者所说过于迅速）举行了婚礼；不太热闹，因为居丧的环境不允许闹哄哄，但毕竟桌子给食物和饮料压弯。科尼利斯由于过分频繁的干杯喝了大量的葡萄酒、大麦酿造的烈性酒、阿拉克烧酒⑤、加香料的葡萄酒和啤酒，新婚之夜在一种完全不省人事的状态中度过。

结婚一年后他唯一的儿子出生，举行洗礼仪式时命名扬。

公司的生意运行一帆风顺（如今它的名称已改为容格，特罗斯特父子公司），这不仅是多亏经济繁荣，而主要是应感激特罗斯特的天

---

① 冯德尔·约斯特·凡·登（1587—1679），荷兰最杰出的古典主义诗人。

② 蒂托·李维（公元前59—公元17），古罗马历史学家，生于意大利的巴杜亚，长期居留罗马。著有《罗马史》142卷，记述自罗马建城至公元前9年的历史，亦为著名的文学作品。现存35卷。

③ 典出希腊神话，安德洛墨达是埃塞俄比亚国王刻甫斯和卡西俄珀亚的女儿。她的母亲声言女儿比任何一个海中女神都漂亮。海中神女受了委屈，向波塞冬诉说，波塞冬派遣一个吃人海怪到埃塞俄比亚王国，设计将安德洛墨达锁在巨岩上奉献海怪。

④ 珀尔修斯是希腊神话阿耳戈斯传说中的英雄。他飞过一座巨岩上空，发现巨岩上锁着安德洛墨达，她势必被海怪吃掉。英雄杀死海怪，娶安德洛墨达为妻。

⑤ 阿拉克烧酒是一种用粮食和椰子汁等酿成的烈性酒。

赋，他那非同凡响的商人直觉。农民出身的他，深知自己的同胞是彻头彻尾的保守主义者，因循守旧。看起来似乎一个大绸布商店老板理应对时髦感兴趣，特罗斯特对其简直不加理睬，将时髦视为某种折磨人的伤风感冒，有时会使充满健康习尚和鉴赏力的机体无法忍受。即使他容许"最新"时装式样，那也仅仅局限在小配件范围——丝带、肩饰、扣环、嗯，最终还有翎毛。他坚定不移地相信，真正的雅致并不追求折线和色彩的丰富，而是满足于剪裁的平和直线以及高尚的黑色、紫色和白色。他还是位——如果可以这样表达的话——本国工业炽热的爱护者。他认为最好的呢绒出自莱顿，哈勒姆的棉布是无与伦比的，阿姆斯特丹的丝织品真正是无可比拟的，天下再也没有比乌得勒支出产的更好的天鹅绒，他还把这种信念灌输给顾客。

科尼利斯·特罗斯特，容格，特罗斯特父子公司的老板，一个礼拜孜孜不倦地工作六天，而礼拜日和节日则全部奉献给家人。从早春到晚秋，特罗斯特一家在教堂参加礼拜之后，就去远郊游览，到"三棵橡树"，去沙丘，或是去位于风景如画的幽静处所的天鹅酒家。一家人远足的画面是这样的：科尼利斯走在最前面（他总要超前几十米，仿佛是难以抑制对昔日滑冰壮举的回忆），在他后边踏着碎步行进的是温顺的安娜，行进行列殿后的是女仆，她拎着装满极其丰富食品的篮子，还有年幼吵吵嚷嚷的扬，他乘坐在由一只公山羊驾着的小车上。父母双亲对独生子的溺爱超过所有人的想象。途中休息。在一些老榆树的树荫下吃早餐——酸奶油、草莓、樱桃、黑面包、黄油、干酪、葡萄酒、奶油饼干。

刚过晌午一家人进入以出色的烹饪享誉一方的天鹅酒家。这酒家处在一个大字路口附近，路边立着许多绞刑架；可以选择穿过牧场的小径机智地绕行避过那些绞架；这酒家总是人头攒动，热闹非凡，空气中弥漫着烟草、羊肉和啤酒的浓烈气味。科尼利斯通常都要点上一份*乱炖*①——在整个联合省都无法找到比这里做得更好的佳肴——还有配上绿色浇汁的鲑鱼、一些味道无比美妙的薄煎饼以及糖炒栗子（他把一些栗子塞进衣服口袋，担心在返程的路上饥饿突然来袭）。所有这一切外加喝了双倍的德尔夫特啤酒，使灵魂和肉体处于过饱的抑郁状态。

回程的路走得慢悠悠，次序完全相反：最前面是坐小车上的扬，他身边走着去掉了重负的女仆，走在他俩后边的是安娜，她不时胆怯地回头张望，而殿后的科尼利斯却常常站住不走，仿佛突然受到生活的美、大自然魅力的刺激，他昂起头，用高声歌唱问候头顶飘过的云彩，虽说与和谐的原则并不完全一致：

　　晚安。晚安。
　　我可爱的约瑟。

或是：

　　繁茂的栎树林，美丽的悬崖峭壁
　　我享乐的可敬见证者。

假如那时或者十几年后有人问科尼利斯·特罗斯特，他当时是否幸福，他也许无法回答。幸福的人们如同健康的人们一样，并不考虑自己的状态。

测量平常日子和节日的神奇的钟表！诚然，科尼利斯·特罗斯特从来不曾站立在伟大历史事件的炫目光辉里，但是难道可以说，在世界戏剧舞台上他扮演的是次要的角色？他接受了自己绸布商人的命运，就像别人扮演战士、邪教徒或者是国务活动家的角色一样。他只

---

① 乱炖，荷兰传统菜肴，用牛肉、胡萝卜、洋葱、土豆和胡椒焖炖而成。

有一次接触到历史,就像舞蹈中那样匆匆地一闪而过。此事发生在一位外国君主来访的时候。

特罗斯特——当时他是行业公会的头头儿——去市政大厅参加欢迎仪式,他披挂着橙红色的绶带,黄色的丝绦垂到膝下和双肩,头戴奇异的礼帽,帽上插有黑色的鸵鸟羽,羽毛轻得每经微风吹拂便摇摇欲飞。他从内心深处憎恶这种犹如歌剧院歌手服装的华丽装束,但他并不懊悔参加这场假面舞会,因为他曾面对面看到君主,这意味着是从骈肩累迹的人群中。后来他没完没了地一再重复说:"我从近处见到了他,而且,你们知道——他是个胖子,面色苍白,身量不高,嗯,比我矮那么半个头。"他胸中充满了伟大的共和精神,难以抑制自己的自豪感。

宴会之后举行了向君主致敬的盛大检阅,结合向无辜的天空射击。特罗斯特第二次有机会试验自己的佛罗伦萨火枪。首次试验是在自己的花园里,当时他是朝臆想的搅扰了夜的宁静的猫头鹰射击。火枪的枪托点缀有镶嵌物,展示在辽阔的山野风光背景下的帕里斯裁判①;科尼利斯最珍视的正是枪的这个部分,同时认为金属枪管是多余的附加物。

在这些历史事件之后,生活按照寻常的轨道进行,生意兴隆财运亨通,只是扬不断地给双亲制造麻烦和忧虑。他不爱学习,从家里逃跑,常跟一些臭名昭著的小无赖为伍。但是浪子总要回到双亲的怀抱,那时便出现了圣经中的充满泪水、悔过和宽恕的场面。仿佛最终对所有人来说事情已得到顺利解决。只是安娜身体衰弱了,于是决定雇佣第三个女仆;从众多候选者中挑中了一个年轻的弗里斯村姑,名

---

① 帕里斯裁判,典出希腊神话。帕里斯是特洛伊王子。赫拉、雅典娜和阿佛洛狄忒三女神争夺一个上面题有"送给最美丽的女神"字样的金苹果,三女神诉诸宙斯,宙斯打发三女神到伊得山,让当时正在那里放牧牲口的帕里斯评定三女神中哪一个最美丽,帕里斯把金苹果判给了阿佛洛狄忒。

叫尤蒂什。

她的容貌并不令人销魂，但在一家之主的心灵却唤起了对遥远童年的朦胧而愉快的回忆。他非常喜欢她，经常赠送她一些跟她那柔软蓬松的赤褐色头发相配的束发丝带和发卡，同时请求她不要对任何人说起此事。他在妻子那里恳求到许可，让尤蒂什晚上在商店里给他帮忙。至于他俩单独留在商店，并且锁上了店门的事可能发生过两次或者三次。但是邻居们遇事生风的毒舌到处散布道德败坏的闲话。安娜示威性地忍受着痛苦并且保持沉默。

科尼利斯开始更常去拜访理发师。一连几个钟头吹奏长笛。他成了个健谈的、出名的、极度愉快的人。有一天他向安娜坦言，说他想定制一幅肖像画。有人向他推荐了一位画家，那人住在玫瑰运河路，是个，或者说，曾经是个有声望的肖像画家，而且还是位宗教油画创作者。于是科尼利斯穿着节日的盛装到他那里去。他忘记了画家的姓名，但是过路人给他指明了画家居住的房子。画家不太客气地接待了他。画家有双靠得很近的锐利的眼睛，有双粗大的屠夫的手；穿一条满是污渍的长围裙，而头上戴的是古怪的穆斯林缠头巾。如果不是这个大老粗开出的肖像画价格，或许这一切尚能忍受，他开口要价三百弗罗林，使科尼利斯晕头转向，莫名其妙（他立刻换算出值多少肘① 上等毛织品）。一阵难堪的沉默。最终画家声称，他可以把科尼利斯画成一个法利赛人②的肖像，那时价格将会大大降低。可是这又使绸布商人受到刺激的自豪感活跃起来。他希望把他想象成本来的模样——处于成功的巅峰，为柔和的幸福之光环绕，但是不要多余的象征和点缀，想要表现他自己的长着浓密头发的大脑袋、信赖地望着未

---

① 肘是旧时的量布长度单位。各国算法不同，荷兰27吋，英国45吋，波兰语中自肘到中指尖的长度，一肘约合半米（57.6厘米）。

② 法利赛人为古代犹太教一个教派的成员；该派标榜墨守传统礼仪，基督教《圣经》中称他们是言行不一的伪善者。

来的富有洞察力的眼睛、肉头鼻子、美食家的厚嘴唇，还有一双紧靠画框的强有力的手，可以托付给这个双手的不仅是容格，特罗斯特父子公司的事业，同样还有城市的命运（在这个时期科尼利斯正在幻想市长的职位）。毫不奇怪，有关肖像画的事没有达成协议。后来有人给了他另一个来自哈勒姆的著名画家的姓氏，但他从未去找过那人，因为有些严重的麻烦和忧虑让他大伤脑筋。

不清楚，暴风雨从何方何时到来，这暴风雨动摇了家庭基础（而它似乎是永固的），在一道闪电的突发光线里显示出他靠毕生辛勤劳动收集的成果化为了乌有。他的独生儿子和希望，公司未来的继承人，扬，最终彻底从家中出走。儿子留下了一封书信，说他到轮船上服役，甚至提到轮船的名称，但很快便确定没有这样一艘轮船，从前也不曾有过。所以剩下的只有阴暗的推测，认为小伙子，而实际上已经是个成年男人，已经加入了海盗行列，跟那些恶棍为伍，他们把《圣经》、念珠和航海日志统统抛到船外，肆无忌惮，胡作非为，最终会在黑牢或在绞刑架上结束恶贯满盈的罪恶生命。

特罗斯特生平第一次感到受了欺侮和屈辱。诚然安娜同样痛苦，但她平静地忍受着，把痛苦埋藏在自己神秘莫测的心灵深处。然而特罗斯特深重的痛苦包括灵魂的许多范畴：命运的出乎意料的可怕打击，令迄今一直是友善的好运，骤然露出真正的、讥讽的面孔；他感到自己被剥夺了好名声和许多功绩，脑海里始终萦绕着一句残忍的话："我已仅仅是个罪犯的父亲。"他丧失了对人的万世流芳的唯一信仰，他已不再希望在呢绒商人公会名册里将世代传扬他特罗斯特的姓氏，饱享人们的敬重和信赖。

祸不单行的是跟尤蒂什的丑闻（科尼利斯认为不存在任何丑闻）招致越来越多的议论。确实，商店打烊后他跟她留在店里的时间越来越长，这给流言提供了足够的证据。熟人们用眯缝起的眼睛和狡诈的微笑回答他的问候，类似的表情显然意味着："嗯，嗯，我们不曾料到，你是这么条好汉！"然而在教堂做礼拜的时候，本应坐在教堂靠背长凳上的邻人宁可站立在石板地上，为的是让他明白，他周围的空位子，表明严厉的责备。于是他决定为了公司的利益辞退姑娘。他亲自跟她一起走到有马车驶向霍恩的广场，他像父亲那样拥抱了她，往她手中塞了十四个弗罗伦和八个铺币。

她消失在人群中。他不知道，她是否上了马车。如果她走进位于街道另一边、以恶名声（渴望寻欢作乐的海员都熟知的地方）闻名的"黑公鸡下"旅店，她的小命儿就要彻底毁了。这个想法，而尤其是跟她相关的淫秽画面，常年来一直在折磨他。

他以惯有的毅力工作，但已没有给一切举措插上翅膀的热情。有时会发生这样的事，就是他常放弃购买大批货物，甚至根据有利的条件，他说："我把它留给年轻人；而我现在得巡视我的庄园，检查墙壁、锁、链条。"但是生意做得并不比以前差。

春天，安娜去世了。

现在他是独自一人。有段时间他思考一件事，认为需用石头让自己和妻子永留纪念——这应是一幅砌在新教堂墙壁上的展示夫妇俩手牵手的浮雕；下方刻有从《圣经》中摘引的语录："因此我厌恶自己，在尘土和炉灰中懊悔。"① 但是科尼利斯从来不曾丧失健全的头脑，甚至当明知接近（诚然这种情况实属罕见）不受理性控制的范围时，也会悄声对自己说，一个真正虔敬上帝的人，决不为自己建造大理石纪念碑，因而他摆脱了这诱惑。"在教堂的地板上有块简单的石板，对我而言足矣。"他说，为自己的谦卑大吃一惊。

新理念释放了他身上首创精神、发明才能和热情的无法预见的潜力。他成功地说服了行业公会极其节俭的成员（多年来他担任行业公会负责人的职务），令他们相信有必要为孤儿建立孤儿院。科尼利斯满怀年轻企业家，更有甚者，事业使徒的精神。他分身有术跑来跑去忙得不亦乐乎。他组织募捐、游园会、彩票抽彩，旨在充实企业的基

---

① 见《圣经·旧约》"约伯记"第42章。

金，他批准设计图，监督建设进度，花许多个钟头跟泥瓦匠和木匠商讨每一个细节。他喜欢在未来的孤儿院院子里散步，用手杖在空中画出尚不存在的墙壁、窗户、楼层、飞檐和倾斜的屋顶。

晚上他在家中，待在那个窗户朝花园的"黄色房间"里，那儿有把包上了红色科尔多瓦皮革①的安乐椅，容格先生曾坐在安乐椅上（这是多少年前的事），低声读着自己那些拉丁诗人的作品。这安乐椅曾是最令人肃然起敬的家庭用具——它仿佛是艘旗舰，统领着床、桌子、长凳、椅子、深不可测的立柜和食厨舰队。科尼利斯从藏书室胡乱拿了几本书，没入那把安乐椅中，浏览着最近一期《商业神》，这份杂志上总有那么多有关水灾、宫廷阴谋、股票市场、奇迹和犯罪的有趣消息。他读得不多；耳听着街上的嘈杂声和屋子里的响动。从花园飘来水仙花、野玫瑰和藏红花浓郁的芳香。

当他陶醉于喧哗和芬芳的时候，体验到时间并非顺从地受他支配。先前，在年轻时期，他曾是时间的主宰，他能让时间停住或者加速，宛如渔夫，将自己的节奏强加于河流。而今他感到自己就像一块给抛到河底的石头，一块长满了苔藓的石头，它的上方翻滚着流动的深不可测的水的汪洋。

书从膝盖上滑落了。他陷入了昏睡状态，越来越常见的情况是女仆不得不叫醒他进晚餐。

热热闹闹欢庆过六十寿诞后不久，他就病倒了。医生们诊断为肝炎，建议保持平静，还信誓旦旦，说病人很快就会恢复健康。有先见之明的科尼利斯立下了遗嘱，吩咐提前偿还所欠债务。公司的财政状况如下：资产——一万二千弗罗林，容易追讨的债务——九千三百弗罗林，有价证券和东印度公司股票五千一百弗罗林。

他愈来愈虚弱，现在已完全起不了床。医生们处以草药敷法，各种各样的混合剂——奎宁酒、芦荟酊剂、龙胆浸出物，还给他放过

---

① 西班牙出产的压有花纹的高级皮革。

血,末了建议用装在核桃壳里的蜘蛛脑袋贴在病人的胸口,而这样做无效的时候,便用《圣经》里的《诗篇》代替蜘蛛头。显而易见科学已委婉地让位于诗歌。

每天五点左右——夏日天气晴好,暖意甚浓——特罗斯特的老朋友亚伯拉罕·安斯洛就来了,这位曾经是全荷兰著名的传教士,如今已是个沉默寡言的老头儿,有一把稀疏的灰白胡须和一双总是泪汪汪的眼睛。他在病人的床脚边坐下;彼此相视而笑;他俩的对话在话语和时间之外进行。病人极需倾诉自己的疑虑、精神困惑和不安。他对那个世界完全不能理解。空洞的蓝天令他恐惧。这大概是想象力,而主要是异教思维渎神的对抗。他绝对无法理解,怎能在没有房屋,没有吱吱作响的楼梯和扶手,没有帷幔和烛台的情况下生存。缺了他在其中度过一生的纺织品同样无法存活。是何等无情的力量给我们夺走了丝绸的清凉,像涟漪从手中漫出的黑色呢绒,令人想起冰封的池塘水面的棉布,像绒毛一样呵痒的维留尔绒,仿佛在悄声诉说女人秘密的花边?

安斯洛在黄昏降临前离去,告别时用冰凉的手指触摸朋友的手。

剩下的日子不多了。

明天,后天,女仆会端着早餐走进房间,发出短短的一声惊叫。

那时,人们会遮盖家中所有的镜子,把所有的挂画都翻转冲墙,为的是让写信的姑娘的肖像,在公海上航行的轮船,在高大栎树下跳舞的农民形象不要阻挡那个向不可思议的世界漫游的人上路。

"蓝色东欧"译丛(部分书目)

第一辑

- **《石头城纪事》**(小说)
  【阿尔巴尼亚】伊斯梅尔·卡达莱 著

- **《错宴》**(小说)
  【阿尔巴尼亚】伊斯梅尔·卡达莱 著

- **《谁带回了杜伦迪娜》**(小说)
  【阿尔巴尼亚】伊斯梅尔·卡达莱 著

- **《石头世界》**(小说)
  【波兰】塔杜施·博罗夫斯基 著

- **《权力之图的绘制者》**(小说)
  【罗马尼亚】加布里埃尔·基富 著

- **《罗马尼亚当代抒情诗选》**(诗歌)
  【罗马尼亚】卢齐安·布拉加等 著

第 二 辑

- 《我的疯狂世纪》（传记）
  【捷克】伊凡·克里玛 著

- 《我的金饭碗》（小说）
  【捷克】伊凡·克里玛 著

- 《一日情人》（小说）
  【捷克】伊凡·克里玛 著

- 《终极亲密》（小说）
  【捷克】伊凡·克里玛 著

- 《等待黑暗，等待光明》（小说）
  【捷克】伊凡·克里玛 著

- 《没有圣人，没有天使》（小说）
  【捷克】伊凡·克里玛 著

- 《花园里的野蛮人》（散文）
  【波兰】兹比格涅夫·赫贝特 著

- 《带马嚼子的静物画》（散文）
  【波兰】兹比格涅夫·赫贝特 著

- 《海上迷宫》（散文）
  【波兰】兹比格涅夫·赫贝特 著

- 《父辈书》（小说）
  【匈牙利】瓦莫什·米克罗什 著

第 三 辑

- 《乌尔罗地》（散文）
  【波兰】切斯瓦夫·米沃什 著

- 《路边狗》（散文）
  【波兰】切斯瓦夫·米沃什 著

- 《第二空间——米沃什诗选》（诗歌）
  【波兰】切斯瓦夫·米沃什 著

- 《无止境——扎加耶夫斯基诗选》（诗歌）
  【波兰】亚当·扎加耶夫斯基 著

- 《捍卫热情》（散文）
  【波兰】亚当·扎加耶夫斯基 著

- 《索拉里斯星》（小说）
  【波兰】斯塔尼斯瓦夫·莱姆 著

- 《遗忘的梦境——查特·盖佐短篇小说精选》（小说）
  【匈牙利】查特·盖佐 著

- 《流星——卡雷尔·恰佩克哲学小说三部曲》（小说）
  【捷克】卡雷尔·恰佩克 著

- 《神殿的基石——布拉加箴言录》（箴言）
  【罗马尼亚】卢齐安·布拉加 著

- 《十亿个流浪汉，或者虚无——托马斯·萨拉蒙诗选》（诗歌）
  【斯洛文尼亚】托马斯·萨拉蒙 著

·部分书名为暂定，以出版时为准·